Carlo Goldoni, Johann Christian Bock

Geschwind, eh' es jemand erfahrt, oder: Der besondere Zufall

Ein Lustspiel in drey Aufzügen

Carlo Goldoni, Johann Christian Bock

Geschwind, eh' es jemand erfahrt, oder: Der besondere Zufall
Ein Lustspiel in drey Aufzügen

ISBN/EAN: 9783743412033

Hergestellt in Europa, USA, Kanada, Australien, Japan

Cover: Foto ©Andreas Hilbeck / pixelio.de

Manufactured and distributed by brebook publishing software (www.brebook.com)

Carlo Goldoni, Johann Christian Bock

Geschwind, eh' es jemand erfahrt, oder: Der besondere Zufall

Geschwind,
eh' es jemand erfährt,
oder:
der besondere Zufall.

Ein

Lustspiel

in drey Aufzügen

nach dem italienischen

des

Herrn Goldoni,

vom Herrn Bock.

Leipzig,
bey Carl Friederich Schneidern 1778.

Personen.

Hieronimus Billerbeck,
 ein reicher Kaufmann.

Antonie, seine Tochter.

Peter Gröbing, ein reicher Mackler.

Philippine, seine Tochter.

Ewald von Manske,
 Officier und Volontair.

Rolf, sein Diener.

Christinchen,
 Mädchen in Billerbecks Hause.

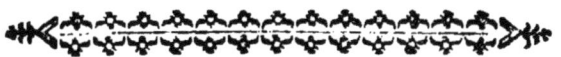

Erster Aufzug.

(Ein Zimmer in Billerbecks Hause

Erster Auftritt.

Rolf. Christinchen.

Rolf. (packt einen Mantelsack)

Christinchen. (guckt zur Thüre herein und sieht ihm einen Augenblick zu)

Darf man (indem sie vollends hereintritt) Ihm einen guten Morgen wünschen, Monsieur Rolf?

Rolf. (verdrüßlich) Gute Nacht von Ihr wär' mir lieber.

Christinchen. Mit dem verdrüßlichen Gesichte gesagt?

Rolf. (wirft den Mantelsack herum) Der verdammte Mantelsack will auch gar nicht ins Geschicke! Er bliebe wohl eben lieber hier — wie ich.

Christinchen. Wie Er? Ey! Und ich wollt' Ihm eine recht glückliche Reise wünschen.

Rolf. Glückliche Reise, Dirnchen? Wenn's mit jedem Kadumdrchen weiter von Ihr weg geht?

Chriſtinchen. Schönen Dank, Monsieur Rolf! Aber, wenn man's ihm nun glauben dürfte — wer zwingt ihn denn, zu reisen?

Rolf. Muß der Diener nicht bleiben, wo der Herr bleibt?

Chriſtinchen. Der Herr? Hm! Wenn man so wohl gewachsen iſt, giebt's vielleicht hier der Herren mehr, und beſſere, als so ein Officierchen, bey dem's nur aus der Hand in'n Mund geht.

Rolf. Pfui, Dirnchen! Wofür sieht Sie mich an? Für einen Lumpenhund, dem's nur ums Geld, und nicht um den Herrn zu thun ist? Das sollte mir Leid um Sie thun; denn wenn Rolf auch aus Johann Hagel (*) ſtammt, so denkt er drum nicht wie Johann Hagel — Ein armer Bettelbube war ich, und meines Herrn Vater nahm mich von der Straße, und ließ mich zu Rolf werden. Er that mir die Ehre an, und machte mich zu seines jungen Herrn Reitknecht, als der in Krieg gieng. Sieben Jahr hab' ich mit ihm herumgefuchtelt, zu Waſſer und zu Lande, durch dick und dünne, durch Freude und Trübſal, und hab' einen Herrn an ihm funden, dem man heyſa! mit Herzensluſt durch's dickſte Feuer nachjagte — 'S geht ihm aus der Hand in'n Mund, ſagt Sie? Man hört daraus, daß Sie in groſſen Häuſern gedient hat. Darum wär er also nichts werth? Darum ſollt' ich ihn jetzt mit ſeiner Bleſſur

*) So viel als Pöbel.

rei=

reisen laſſen? Pfui, Dirnchen! das hätt' Ihr nicht über die Zunge fahren ſollen. Undank iſt nichts beſſer, als Spitzbüberey; und Rolf — laß auftreten, wer's widerſprechen will! — Rolf iſt ein ehrlicher Kerl!

Chriſtinchen. Vielfachen Dank für die gute Lehre, lieber Rolf! Ich will ſie nicht aus der Acht laſſen. Und Rolf! — laß auftreten, wer mir's ausreden will! — Rolf iſt mir drum noch zehnmal lieber.

Rolf. Iſt das wahr, Dirnchen? (ſtampft verdrüßlich mit dem Fuſſe) Daß Sie mir's auch gerade jetzt sagen muß, da ich reiſen ſoll!

Chriſtinchen. Reiſen! Mit Seinem Reiſen! Doch wenn Sein guter Herr reiſt, ſo muß er freylich mit. Warum aber eilt der? Wer treibt den? Der alte Herr hat ihn ſogern um ſich, und die Tochter, denk ich, noch lieber.

Rolf. Und die Tochter eben, denk ich, treibt ihn ſo holterpolter aus'm Hauſe.

Chriſtinchen. Geh Er doch! Er macht mich wahrhaftig zu lachen. Mademoiſelle Antonie triebe Seinem Herrn aus'm Hauſe? Ja doch! So wie ich Ihn treibe. Ha, ha, ha!

Rolf. Recht gut, Dirnchen, daß Sie mich gerne ſieht. Auch recht gut, daß die Tochter hier im Hauſe meinen Herrn gern ſieht. Aber nur nicht ſo gern, wäre zuträglicher für uns beyde. Er wär de nicht reisen müssen, und ich könnte bey Ihr bleiben.

Christinchen. Reisen müssen: Muß man denn wegreisen, wo man gern gesehn wird?

Rolf. Manchmal! Denn wer klug ist, und rechtschaffen denkt, wie mein Herr, der geht der Lockspeise aus'm Wege, eh's Herz drüber zum Schelm wird. Was ist meinem Herrn mit dem Gernesehn der Tochter eigentlich gedient? Wir sehn einander nur alle Tage noch lieber, gewöhnen uns alle Tage nur noch mehr an einander, können auf die letzt nicht mehr ohn einander leben. Nicht wahr, Stinchen? Und dann heißt's auf einmal! Marsch links und rechts! und der späte Abschied wird noch hundertmal trauriger, als der frühe. Denn reich und arm, Kaufmann und Officier, das ßallt in dieser Welt nicht zusammen; und so würd's hier kommen. Der alte Herr wird seine Tochter einem armen Officier im Guten nicht geben, und sie im Bösen nehmen, und so viel genossenes Gute mit Undank vergelten, wird mein Herr nicht, dazu kenn' ich ihn. Aber die Lieb' ist ein Gauner, ein ausgelassener Freybeuter ohne Kommando. Jung sind wir; und hoppsa! haben wir uns vergallopirt. Das will mein Herr nicht von sich gesagt wissen, und reist drum, weil's noch hallweze Zeit ist. Begreift Sie nun, Dirnchen, daß man einen auch mit Gernesehn aus'm Hause treiben kann?

Christin=

Christinchen. Auf die Art freylich. Doch ließe sich aber die Zeit abwarten.

Rolf. Bis's nicht mehr Zeit wäre? Darauf wartet kein ehrlicher Kerl, und thut sich um der Ehrlichkeit willen lieber Gewalt an.

Christinchen. Auch in der Liebe? Das würd' ich nicht übers Herz bringen können.

Rolf. Ich redte von Männern, Dirnchen.

Christinchen. Und ich von uns Mädchen, die wir, wenn dem so ist, gewiß feuriger lieben, als ihr Männer mit eurem Gewaltanthun.

Rolf. Das laß ich eine Wette gelten.

Christinchen. Wetten gehn oft verlohren.

Rolf. (indem er ihr mit einem freundlichen Blick die Hand drückt) Meine nicht, Stinchen! meine gewiß nicht!

Christinchen. Da Er mit Seinem Herrn reisen will?

Rolf. Darum eben wollen wir reisen, die Wette für die Männer zu gewinnen.

Christinchen. Das ist mir zu hoch, lieber Rolf, und für solche Liebe bin ich zu dumm. Sieht Er — 's ist viel verrathen — aber wenn's darauf ankäme — ich reiste wohl gar mit Ihm.

Rolf. (freudig) Mit mir reiste Sie? Das ließe sich weiter überlegen, Dirnchen. Aber still — mein Herr kömmt! — (drückt ihr die Hand) Sobald wir wieder allein sind, Stinchen.

Christinchen. Nur so bald Er kann, wenn's ja noch vor sich gehn soll — Hört Er? — (geht ab)

Rolf. (indem er ihr nachsieht) Ich höre wohl — (vor sich, indem er sich umwendet) daß der Teufel zu seiner Stunde nur ein hübsches Mädchen braucht, uns nach seinem Willen zu haben.

Zweyter Auftritt.

Rolf. Ewald von Manske.

Manske. (zerstreut und unentschlossen) Was machst du da?

Rolf. (packt ohne ihn anzusehn) Was Sie mir befohlen. (vor sich) Ich wollt' ihn jetzt nicht ansehen, um vieles nicht.

Manske. (stellt sich mit in die Augen gedrücktem Hute und in einander geschlagenen Armen vor ihm hin) Rolf!

Rolf. (ohne aufzusehn) Gnädiger Herr!

Manske. (wie vorher) Rolf!

Rolf. (wie vorher) Gnädiger Herr!

Manske. Sieh mich an, Rolf!

Rolf. (stellt sich mit Einpacken beschäftigt) Gleich, gnädiger Herr!

Manske. Sieh mich doch an!

Rolf. Nu — (packt noch einen Augenblick ohne aufzusehn) ja — (sieht ihn starr an)

Manske.

Manske. Wollen wir reisen, Rolf?

Rolf. (packt wieder) Ich denke, ja.

Manske. Wenn du wüßtest, wie gern ich wollte — Doch wär alles gut gegangen. Aber es beym Abschiede noch erleben zu müssen — (indem er von ihm weg und unruhig auf- und abgeht) Das ist zu hart!

Rolf. Doch kein Unglück?

Manske. Für mich das empfindlichste.

Rolf. Gnädiger Herr — Doch, was gehn Sie meine Grillen an?

Manske. Was wollt'st du sagen, Rolf?

Rolf. Ich dachte nur — ob man Sie etwa gern reisen sähe?

Manske. Wollt's der Himmel! Aber mir durft's so gut nicht werden. Man will mir meinen Sieg über mich recht schwer machen. Eben komm' ich von ihr, Rolf — und habe sie weinend verlassen.

Rolf. Die Mamsell?

Manske. Kannst dir's denken, was ich mir nicht denken konnte. Auch sie liebt mich; und ich nahm ihre Liebe bisher nur für Begegnungen der Höflichkeit. Allein ihre Unruhe, da ich ihr von meiner Abreise sagte, ihre Bestürzung und Niedergeschlagenheit, ihre Thränen, alles zeugt mir nun, daß sie eben so sehr dabey leiden wird, als ich. Ich überraschte sie, und ward nicht weniger von ihr überrascht — Wollen wir noch reisen, Rolf?

Rolf. Ich dächte, nein.

Manske. Nein?

Rolf. So lange wir noch so guten Vorwand haben, uns das Reisen ersparen zu können. Der alte Herr Billerbeck ist eine gute Menschenhaut, gastfrey und freundschaftlich, thut nicht, als ob wir Fremde wären, ist um Ihre Gesundheit besorgt, wie ein leiblicher Vater, und bis Ihre Blessur recht aus'm Grunde kurirt wäre, könnten Sie's ja noch aufschieben. Das Wetter ist's beste noch nicht, und sich ohne Noth kränklich auf die Reise machen —

Manske. Ja wohl kränklich — an Leib und Seele!

Rolf. Und könnten uns hier noch pflegen —

Manske. Und das Uebel immer tiefer wurzeln lassen?

Rolf. Und wär uns niemand im Wege, als wir selbst, wenn's uns nicht wohl ginge.

Manske. Meynst du das? Räthst du das? Weißt du, wie bald ein guter Vorsatz aus dem Sinn geplaudert ist? Wenn ich nun bliebe? (geht nachdenkend auf und nieder, ohne weiter auf Rolf Acht zu haben)

Rolf. Ins Himmels Namen! Meine doppelte Arbeit soll mir nicht sauer ankommen. (fängt wieder an auszupacken)

Manske.

Manske. (vor sich im Auf- und Abgeben) Vor der Hand behäglich genung — wie aber hernach? Denn einmal gelangten wir doch an den Scheideweg —

Rolf. (vor sich beym Auspacken) Auspacken geht gleich fixer.

Manske Noch hätt ich Vorwand — könnte mich noch in ihrem Sonnenschein wärmen —

Rolf. Nun kann Rath werden, Stinchen.

Manske. Doch endlich und endlich? Ein zehnfacher Winter, wenn die Zeit um wäre —

Rolf. Nun laß Wette Wette seyn!

Manske. Und wenn mir die Leidenschaft gar einen Streich zu spielen sönne? Wenn's drauf ankäme, schändliche Niederträchtigkeit gegen edle Gastfreyheit zu geben? den Mann seines Kleinodes zu berauben, dessen Haus und Herz mir Fremden zu allen Bedürfnissen offen standen? — Nein, nein! Eine Gelegenheit zur bösen Stunde, ein Blick könnte mich zum Schurken machen; und man verschiebe nur den ersten Entschluß zur Rechtschaffenheit, so verschiebt man sie alle — Es bleib' also standhaft beym ersten! — (zu Rolf ohne nach ihm hinzusehn) 'S bleibt dabey, Rolf!

Rolf. Recht gut! (legt die ausgepackten Kleider in Ordnung)

Manske. (da er sieht, was Rolf gemacht) Was hast du vor?

Rolf.

Rolf. Ich hab' ausgepackt.

Manske. Wer befahls?

Rolf. Sie selbst, gnädiger Herr — stillschweigend.

Manske. Thor!

Rolf. Und sagten ja hinterdrein, 's bleibt dabey.

Manske. 'S bleibt dabey! 's bleibt dabey! Wir reisen! reisen noch eher, als festgesetzt war. Noch Vormittags müssen die Pferde vor der Thür seyn! Ich foor' es von dir, Rolf!

Rolf Und Sie haben sie weinen sehn?

Manske. Unsinniger! Was willst du mit dieser Erinnerung?

Rolf. Ich wollte nur — die Achseln drüber zucken, daß Bravheit ohne klingende Münze auf diesem Erdboden die ärmste Bettlerinn ist —

Manske. Wenn man sich sogar der Hofnung seines Glücks begeben muß! — Doch — ehrlicher Name ist auch Reichthum. — (heiterer) Wir reisen, Rolf!

Rolf. (wird Antonien gewahr, die ihnen in der Thür zugehört, tritt näher zu Manske, und sagt ganz flüchtig) So können Sie gleich Ihren letzten Abschied nehmen.

Manske. (stützig) Von wem?

Rolf. (winkt nach der Thür) Sehn Sie nicht?

Manske. (sieht sich um, und wird über ihren
Anblick

Anblick bestürzt) Sie selbst! — (zieht Rolf, der weggehen will, beym Rockschooß zurück) Bleib, Rolf!

Rolf. Könnt ich's mit anhören? Und würde sich's schicken? (geht)

Manske. (unruhig und unentschlossen) Eine Prise, Rolf! Ich habe meine Dose auf'm Schlafzimmer vergessen.

Rolf. (macht seine Dose auf, als wollt er ihm eine Priese geben) Mein Toback ist von schlechter Sorte, gnädiger Herr — (macht die Dose geschwind wieder zu, ohne ihm eine Prise zu geben) Ich will lieber gleich laufen, und Ihre Dose herholen. (läuft ohne zu hören hinaus)

Manske. (ganz zerstreut) Wohin? wohin? Rolf! Rolf!

Dritter Auftritt.

Antonie. Ewald von Manske.

Antonie. (tritt vollends herein) Was haben Sie zu befehlen, Herr Lieutenant?

Manske. Verzeihen Sie meinem Ungestüm, Mademoiselle — es galt meinem Bedienten.

Antonie. Kann's unsrer verrichten, so soll er gleich bey Ihnen seyn — (als wollte sie gehen)

Manske. (hält sie zurück) Ich bitte, Mademoiselle

moiselle — ich rief meinen nur — daß er — — wegen des Mantelsackes —

Antonie. Der unartige Mensch! daß er auch zu langsam für Ihre Ungeduld ist! Er weiß nicht, wie dem zu Muthe ist, dem's irgendwo unausstehlich wird. Er bedenkt nicht, daß die Postillons ein ungeschliffnes Volk sind, wenn sie aufgehalten werden.

Manske. (betroffen) Mademoiselle —

Antonie. Er meynt vielleicht, daß Sie sich ein wenig übereilen, und denkt, Ihre Gesundheit möcht' unter Ihrem kleinen Eigensinn leiden. Denn noch hab' ich kein eigentlicher Wörtchen für diesen Einfall aus dem Stegreif, so Knall und Fall ein Haus zu verlassen, wo man zu Hause seyn könnte, wenn man nur wollte; davon zu reisen, ohne zu sagen, warum? daß jeder stutzig werden und sich examiniren muß, ob er Sie wohl beleidigt? und womit? und wie sträflich? und ob's denn gar nicht wieder gut zu machen wäre?

Manske. Antonie — Spott statt Mitleidens?

Antonie. Mitleiden muß seinen leidenden Mann vor sich haben, Herr von Manske. Nicht wahr?

Manske. Und wenn Sie ihn nun vor sich sähen, den Leidenden?

Antonie. Wenn ich ihn nun vor mir sähe? — Sie sehn, daß mich Ihre Frage aufmerksam macht. Wenn ich ihn vor mir sähe, den Leidenden? — Je nun!

nun! Ich würde, glaub' ich, erforschen, woran er kränkelte? ob am Heimweh? oder an Langerweile? oder an Herzbeschwerden? und darnach würd' ich mein möglichstes zu seiner Genesung beyzutragen suchen.

Manske. Würden Sie? Müßten's aber auch können.

Antonie. Mein möglichstes — hab' ich gesagt.

Manske. Und niemand unter der Sonne könnte mir auch nur ein Sandkorn des nagenden Gefühls abnehmen, dessen mein Herz bey dieser Abreise so voll ist, als eben Sie, Antonie. Wissen Sie nun, woran ich leide? und warum ich reise? und die Reise so beschleunigen muß?

Antonie. Sie halten sich so von weiten, Herr von Manske — man könnte darüber auf Muthmaßungen gerathen —

Manske. Die Ursach alles dessen nicht weit ausser sich zu suchen?

Antonie. Was sagen Sie da? Ich also? — Was Sie auch schwatzen! Ich wüßte nicht, welchen Einfluß ich auf Ihre Geschäfte und Reisen haben könnte?

Manske. Den größten, Antonie! — Ich reise — und muß je eher je lieber reisen —

Antonie. Mir doch wohl nicht je eher je lieber nur aus den Augen kommen zu wollen? 'S ist freylich eine Kunst, angenehme Gesellschafterinn zu seyn.
                                    Manske.

Manske. Nun ja! ja, ja! Fahren Sie nur in dem Tone fort, mir den Verlust Ihrer Gesellschaft recht fühlbar zu machen. O Antonie! — (küßt ihr die Hand) mir ist's, als sollt ich aus der Welt gehen!

Antonie. Und wollen vermuthlich Werthern den zweyten spielen?

Manske. Nur rühmlicher, hoff' ich.

Antonie. Lassen Sie doch hören, auf welche Manier ohngefähr?

Manske. Eben jetzt, Antonie, da ich's mehr als jemals fühle, daß nur in Ihrer Gesellschaft milder Himmel um mich seyn kann, eben jetzt um Ihrer Ruhe willen all' mein Glück aufgeben, meine süssesten Hofnungen Ihren vortheilhaftern Aussichten, und Ihrem guten Namen — verzeihen Sie dem zärtlichsten Liebhaber eine Besorgniß, die ihm das Geschwätz der Welt erheblich genung macht — Ihrem guten Namen, Antonie, alles aufopfern, was die menschliche Gesellschaft jemals reitzendes für mich haben wird — ich hoffe, Sie sollen das nicht unrühmlich für mich finden.

Antonie. 'S ist und bleibt doch immer und ewig wahr, wenn ein verliebter Mann zum Philosophen wird, so philosophirt er zum Erbarmen. Die Hofnung, ohne die nach dem gesunden schlichten Menschenverstande der Mensch auf der Erde nichts wäre, ist ihm eine viel zu langsame Gefährtinn; lieber

folgt

folgt er seinem Ungestüm und Stolze seitab, schmollt halb kindisch mit seinem Schicksale, macht sich muthwillig zum Märtyrer seiner Grillen, und begeht Ungerechtigkeit über Ungerechtigkeit an allen, die mit in sein Verhängniß verwebt sind.

Manske. Ungerechtigkeit? Könnte mir das Wort gelten, Antonie?

Antonie. Nicht uneben — wenn ich Ihr Betragen gegen mich untersuche.

Manske. Gegen Sie? Ich gegen Antonien ungerecht? Ich erschrecke vor mir selbst, wenn's so seyn könnte. Aber nein! nicht doch! Es beliebt Ihnen nur, die zärtlichen Gesinnungen meiner Leidenschaft, meine Achtung gegen Sie auf die letzte Probe zu stellen.

Antonie. Ha, von wegen der Achtung! Darüber liesse sich sprechen, Herr von Manske.

Manske. Ich weiß kaum mehr, ob ich Ihnen antworten soll, Mademoiselle? Denn was ich Ihnen antworten soll, weiß ich gar nicht.

Antonie. Armer Philosoph! Ich muß Ihnen wohl auf die Sprünge helfen. Hören Sie doch von wegen der Achtung! Wenn ich alles nehme, was Sie mir vorhin von meiner Ruhe, von meinen vortheilhaften Aussichten und meinem guten Namen recht zierlich und herzbrechend vordeklamirt, und wie Sie alles das zum leidigen Vorwand Ihres plötzlichen Abschiedes verdrehen und verkehren, so kömmt mir's mir's vor, als achteten Sie dabey mehr auf sich, als auf mich.

Manske (etwas bitter). Das müßte sonderbar zugehen.

Antonie. Nun, nun! es wird sich finden. Verantworten Sie sich! — Voraus also angenommen, daß etwas dran seyn mag, daß Sie mich liebten —

Manske (halb aufgebracht). Etwas dran seyn! — Das so leichthin anzunehmen, was mir so theuer und werth ist, als es der Bestand meiner Ruhe und Glückseligkeit seyn wird, als ich keine, wie Sie, werde lieben können! Das so obenhin anzunehmen!

Antonie (zärtlich). Sie werden doch Scherz verstehen, lieber Manske? — Wenn ich nicht glaubte, daß Sie mich liebten —

Manske (küßt ihr die Hand). Und so innig, so Absichten frey, als Sie mich in Ihnen die Tugend lieben lehrten. Antonien allein lieb' ich. Hätt' ich die reiche Billerbeck geliebt, ich würde wahrlich nicht auf den Einfall zu reisen gekommen seyn.

Antonie. Recht gut, lieber Manske, daß Sie's selbst einen Einfall nennen. Denn das ist's auch nur. Und bey diesem Einfall achten Sie nun in der That mehr auf sich, als auf mich. Sie wissen wohl, Bekanntschaft und Umgang stiften allerley Heil und Unheil; und wenn der Mann noch dazu Aufmerksamkeit verdient, so ist's ein leichtes, daß sich ein junges

ges unerfahrnes Ding, als ich, auch verliebt haben kann —

Manske (freudig). Antonie!

Antonie. Nehmen Sie's drum unterdessen auch einmal an, daß es so wäre —

Manske. O sagen Sie doch: 's ist so!

Antonie. Daß ich Ihnen meine Schwäche noch dazu mit auf den Weg gäbe? Das fehlte noch! — Wenn's dem aber so wäre — und dann müßt Ihre Gesellschaft alles für mich seyn — wie vielfach würden Sie mich durch Ihre Abreise kränken. Einmal müßt' ich denken, Sie trauten meinen Grundsätzen von Ehre und Tugend sehr wenig, Sie hielten mich des verwegenen Schritts fähig, den ein Frauenzimmer nie wieder zurückthun kann; und wollten darum aller Verantwortung vorbeugen, wenn Sie etwa auch schwach genung dazu wären. Ich will damit nicht sagen, daß Leidenschaft nicht ihre geheimen, besondern Wünsche hat, aber schon die Vernunft kann dagegen an, wenn Sie ausschweifen wollen; und diesen Sieg, worauf ich bey meiner Liebe über alles rechnen würde, sprächen Sie mir also stillschweigend ab. Ferner würd' ich bey mir denken, der Mann, dessen Ungeduld bey den ersten Schwierigkeiten gleich aufbraust und die Oberhand behält, muß entweder sehr kleinmüthig, oder von Herzen gleichgültig seyn. Eins wie das andre möcht' ich nicht gern von meinem Liebhaber gedacht und gesagt wissen; denn jedes Mädchen hält sich immer gern für eine beträchtliche Eroberung. Sie würden überdieß Ihre Ruhe durch Abwesenheit zu beschleunigen suchen, und sie der meinigen vorziehen, und das wäre nun vollends arg. Alles mit wenigem, Sie würden undankbar und ungerecht gegen das Mädchen handeln, das Sie, ohne Anstoß und Aergerniß, im Angesicht der ganzen Welt zu lieben gedachte, und sich von Ihnen ein gleiches versprach. Oder fühlten Sie sich etwa, daß Sie der Mann nicht seyn könnten?

Manske. Was könnt' ich bey Antonien nicht seyn? — oder werden?

Antonie. Und also!

Manske. Befehlen Sie mir, zu bleiben?

Antonie. Ey ja doch! Daß ich Ihnen nicht die Hände drückte, und bäte, und flehte: Lieber Herr von Manske, lassen Sie sich doch ein schwaches, lassen Sie sich doch ein schwaches, armes leichtsinniges Mädchen jammern, bey dem die Liebe mit dem Verstande davon gelaufen ist! Sie sehen ja, wie es sich aufdringt; bleiben Sie doch, und leisten der Thörinn Gesellschaft, damit Sie sich nicht ein Leid anthut! — Gehorsame Dienerinn, hoffärtiger Herr! Packen Sie ins Himmels Namen Ihren Mantelsack, und reisen Sie, wohin Sie Ihr Herz lust.

Manske. Mein Herz, Antonie?

Antonie. Ganz recht — Eine gewisse Antonie Billerbeck empfiehlt sich zu geneigtem Andenken.

Manske.

Manske. Und an ihr hängt dieß Herz! an dieser einzigen Antonie ihres Geschlechts! Wenn ich seinem Zureden Gehör geben, wenn ich die schmeichelhaften Spöttereyen dieser Lieben zu meinem Vortheil erklären dürfte —

Antonie. Und wer wehrt's Ihnen denn, Grillenfänger?

Manske (küßt ihr voll Inbrunst die Hand). Ich bleibe, Antonie! Und kein Postillon auf der Welt soll mir, ohne Ihren Wink, wieder anspannen.

Antonie (mit einem liebreichen Vorwurfe). Aber dasmal war schon angespannt?

Manske. Wenn's nach meinen Befehlen gieng — ja!

Antonie. Flattergeist! Uns so kurz abspeisen zu wollen! Was mein Vater nur gedacht haben würde

Manske Und was er nun denken wird, daß ich meinen Entschluß so auf einmal ändre?

Antonie. Nichts mehr und nichts weniger, als was ihm Ihr Herz schon vorhergesagt, daß Sie sich noch nicht stark genung zur Reise fühlen.

Manske. Freylich nicht stark genung; nur im andern Verstande. Aber, daß er mich so ohne Argwohn in seinem Hause sieht — Sonst trauen die Väter den jungen Soldaten neben ihren liebenswürdigen Töchtern eben nicht viel.

Antonie. Ihre Dienerinn, gefährlicher Herr Soldat! Die Väter mögen auch wohl so Unrecht nicht

nicht haben. Uniform ist für ein Mädchenauge so verführerisch, wie die rothe Beere für den Kramsvogel. Aber mein Vater ist keiner von den mißtrauischen. Er denkt nicht allein gut, und beurtheilt andre nach seiner Güte; sondern er hat Sie auch erforscht, und kennt seine Tochter. Hat uns die Liebe bey alledem eins angehängt, lieber Manske — je nu so soll sie doch sein Zutrauen zu uns nicht hintergehen. Täglich soll er gütiger gegen uns gesinnt werden.

Manske. Auch so weit, daß er den Ausländer nationalisiren sollte?

Antonie. Wer weiß! So viel ist gewiß, wären Sie nicht jenseit der Belte zu Hause, wir hätten schon halb gewonnen. Aber er klebt, daß ich so sagen darf, ein wenig fest an seiner Vaterstadt —

Manske (zuckt die Achseln). Und zwey Augen würden sich also erst zuthun müssen —

Antonie. Das sey fern, darauf zu rechnen. Zeit, Zufall, und wer weiß, was uns sonst günstig seyn kann, ehe wir's denken.

Manske. Allein, welchen Vorwand könnt' ich haben, bis dahin hier zu verweilen?

Antonie. Gar keinen; aber verweilen Sie doch nur, bis er Sie gehn heißt; und das wird Zeit haben. Das ewige auf dem Sprunge stehen, wo man willkommen und gelitten ist, sieht gar zu sehr nach Unbestand und Undank aus. Nehmen Sie sichs zur Lehre.

Manske.

Manske. Und wer könnte sich das von Ihnen zweymal sagen lassen! — O Sie haben mich vollends durch Ihre Güte bezaubert, vollends durch dieß schätzbare Geständniß zu den Ihrigen gemacht! Gebieten Sie über mich; und so lang' es Ihnen gelingt, mir das Wohlwollen Ihres Vaters zu erhalten, werd' ich nirgends besser zu Hause seyn, als hier.

Antonie. So weit verstünden wir uns endlich. Nur eins muß ich noch in unsern Vertrag hineinbringen. Für Eifersucht steh' ich nicht, und Philippine macht sich seit einiger Zeit dieß und jenes bey uns zu thun. Ihre Augen —

Manske (spöttisch). Ohne Witz und Feuer —

Antonie. Führen dem ohngeachtet eine sehr vernehmliche Sprache, und mustern den Herrn Lieutenant von oben bis unten, so oft er ihr in den Weg kömmt — (schäckernd.) Ich bitte mir's aus, Herr Soldat —

Manske. Ich werd' ihr aus dem Wege gehen, Antonie.

Antonie. Wer will das? Wer verlangt das? Nur Behutsamkeit in Ihren Gefälligkeiten gegen sie, damit sie nicht auf diese oder jene Gedanken geräth. Doch muß Niemand dabey Ihre Neigung und meine Besorgniß errathen können.

Manske. Besorgniß? Antoniens über Philippinen? Sie scherzen.

Antonie. 'S mag denn gescherzt seyn. — Aber wie stehts mit den Postpferden? Daß sie uns ja nicht vor die Thüre kommen!

Manske (küßt ihr die Hand und geht). Gleich will ich ihnen entgegen gehn.

Antonie. Zur Strafe, daß Sie so fix mit Bestellen waren — Sie unartiger Mann!

Vierter Auftritt.
Antonie.

Und was hab' ich nun wohl gethan? (die Achseln zuckend) Eine kleine Thorheit begangen, ihn von einer grössern abzuhalten; hab' ihm da zu verstehen gegeben, was ich für ihn empfinde; und das soll nach der Theorie der weiblichen Klugheit ein Mädchen eigentlich gar nicht. Denn hat der Mann nur erst den kleinen Finger, gleich greift er nach allen fünfen Aber bey einer Ausnahme von Manne kann ja wohl die Regel auch eine Ausnahme leiden; und kömmts drauf an, so soll selbst Manske keinen Mißbrauch davon machen können. So gehts! Wir sind immer die Rechts- und Linksmacher unsrer Leidenschaften. — Nur daß mich mein Vater nicht in diesem Zimmer antrift. Ein recht gut Gewissen hab' ich doch nicht; und das würd' er mir an den Augen absehen. (indem sie gehn will, kommt Billerbeck)

Fünf-

Fünfter Auftritt.
Billerbeck. Antonie.

Billerbeck. Sieh da, Antonie! Was machst denn Du auf dem Zimmer hier?

Antonie. Ich — ich war neugierig, den Mantelsack eines kränklichen Herrn von einem verdrüßlichen Bedienten einpacken zu sehen.

Billerbeck. Und wenn soll denn die Reise so recht vor sich gehen?

Antonie. Noch diesen Morgen sollte sie; und denken Sie nur, Papa, da er sich eben reisefertig machte, ward er wieder so schwächlich, so schwach, so matt, daß er — o er konnte kaum auf den Füsse stehen.

Billerbeck (mit verstellter Verwunderung). Ey, ey!

Antonie. Wenn nur seine Wunde nicht wieder aufbricht.

Billerbeck (lächelnd). Ja, ja! Und wenn nur nicht gar eine neue dazu gekommen ist?

Antonie. Eine neue Wunde? Der Arzt hat sich doch nichts verlauten lassen?

Billerbeck. Tonchen, Tonchen! Die möchte der Arzt wohl nicht sondiren können.

Antonie. Nicht?

Billerbeck. Auch nicht heilen.

Antonie. Auch nicht heilen? Sie machen mir wirklich Angst.

Billerbeck. Ja, ja! 's giebt der Wunden, Mädchen, die nur so ein Arzt im langen Schlender (zeigt auf sie) kuriren kann — der sie selbst gemacht hat.

Antonie (beyseite in Verlegenheit). Sollten wir verrathen seyn? (wendet sich von ihm und macht sich allerley Geschäffte).

Billerbeck (in den Bart lächelnd). Ha, ha, ha! (geht ihr nach und dreht sie nach sich herum) Sieh mich doch an, Tonchen! — Sieh, wie Du aussiehst! Lauter Scharlach!

Antonie Möcht' ein Mädchen auch nicht über Ihre Wunde roth werden!

Billerbeck. Wunderlich Ding! 'S fuhr mir so heraus; und mit einem verständigen Mädchen, wie Du, kann man schon ein Wort mehr sprechen. Hast Du nicht selbst eine drollichte Veränderung an unserm Gaste verspürt? Kaum war er nur einen Monat hier so war's mit seiner Krankheit den Berg hinan. Der Appetit stellte sich wieder ein, die Farbe kam wieder, er raffte sich auf, daß 's eine Lust war, sprang und trällerte Trepp auf und nieder, und war mit seinen Späßchen überall vorne vor. Nicht wahr?

Antonie Ganz recht.

Billerbeck. Nun währt es nicht lange, so ging 's wieder herunter; weg war Appetit, weg war Farbe,

Farbe, weg war Trällern und Springen und Späßchenmachen. Auf einmal hing er den Kopf, schlich traurig herum, eines Seufzens, wo er gieng und stand, und sah aus, wie der ganzen Christenheit ihre Noth in eins zusammengepackt. Woher meynst Du wohl, Tonchen, daß das kam?

Antonie. Wie sollt' ich's wissen, Papa?

Billerbeck. Will Dir's sagen. In meinem Comtoirbuch steht zwar nichts von der Philosophie, aber doch hab' ich so ein wenig für's Haus, und die sagt mir, daß das lauter Anzeichen sind, daß sich der junge Herr verliebt hat. Was sagst Du dazu?

Antonie. Ich? Gar nichts! Nur weiß ich nicht, wenn Ihre Philosophie Recht hätte, ob er sich in dem Falle zu reisen entschlossen haben würde?

Billerbeck. Dabey sagt mein bischen Philosophie, daß sich das sehr wohl mit einander reimt; daß das Mädchen wohl reich seyn, und unters Vaters Willen stehn kann, daß er sich von dem nicht viel Gutes versprechen darf, und sich drum vor lauter Unmuth aus dem Staube machen will. Was sagst Du dazu?

Antonie. Ich? — (hustet und sagt bey Seite) Recht wie auf mich gemünzt!

Billerbeck. Und daß Du mir da erzähltest, daß er sich kaum mehr auf den Füssen hätte halten können, dabey sagt meine Philosophie ganz klar und deutlich: Das machte die Liebe, die ihm in die Füsse kam,

kam, weil sie nicht von hinnen wollte. Was sagst Du dazu, meine Tochter?

Antonie. Ich? — (wie vorher) Eine verzweifelte Philosophie!

Billerbeck. Hör Du, Mädchen, der Husten klingt schelmisch. 'S sollte mir herzlich Leid thun um mein Mitleid und meinen guten Willen, daß ich einen Fremden ohn alles Interesse in mein Haus einquartirt, und ihn drinn nach Vermögen gepflegt hätte, wenn er nun am Ende zum Danke meiner Tochter sein letztes Uebel anklagen wollte, das ärger ist, denn's erste.

Antonie (bricht in ein lautes erzwungenes Gelächter aus). Ha, ha, ha!

Billerbeck. Lache nur, lache, Tonchen! Mir ist's nicht lächerlich.

Antonie. Mir aber von Herzensgrunde, lieber Papa. Ha ha, ha!

Billerbeck. Daß Du Deinem Vater Kummer und Sorge machst?

Antonie. Nicht doch! Daß Ihnen Ihre Philosophie so unnöthigen Kummer und Sorge macht. Sehn Sie mich doch recht an, Papa! Entweder mein Spiegel lügt, oder Ihre Philosophie geht irre. Hab' ich denn schon die Anzeichen der Verliebten? Bin ich abgefallen, blaß und traurig? Schleich ich herum? Seufz' ich? Mach ich Verse? Und seh' ich denn aus, wie der ganzen Christenheit ihre Noth?

Bil-

Billerbeck. Gottlob nicht; und eben drum — weiß ich mir mit meiner Philosophie diesmal nicht recht zu rathen.

Antonie. So gehts den Philosophen gemeiniglich. Wo sie recht gewiß zu treffen glauben; wirklich! haben sie vorbeygezielt. Vergeben Sie mir meine Schäckerey, lieber Papa! Ich will's Ihnen gar nicht streitig machen, daß Ihre Philosophie getroffen, und unser Gast sich verliebt haben könnte. Aber warum fallen Sie eben auf mich? Bin ich denn das einzige Mädchen in der ganzen grossen Stadt?

Billerbeck. In der ganzen grossen Stadt! Sag' mir doch, wenn er einmal ausgeht? Und wohin?

Antonie. Und haben wir nicht Gesellschaften im Hause? Wer kömmt wohl einen Tag um den andern zu uns? Besinnen Sie sich auf Niemand?

Billerbeck. Auf Niemand sonderlich — 's müßte — 's müßte — 's müßte Philippine seyn?

Antonie. Nun? Und was sagt Ihre Philosophie dabey?

Billerbeck. Du machst mich ganz verblüft *), Mädchen. Nur das Husten, das Husten!

Antonie. Wenn ich nun hustete, um — um nicht auszuplaudern, was ich etwa wußte —

Billerbeck. Du wußtest? —

Anto=

---

*) So viel als: irre, oder das oberländische: verdutzt.

Antonie. Und hatte versprochen zu schweigen.

Billerbeck. Mit Deinem Vater hätt'st Du nun die Umstände nicht zu machen gehabt. Was Du dem ins Ohr sagst, sagst Du den vier Wänden. Offenherzig, Tonchen! Was weißt Du?

Antonie. Eben das, was Ihnen Ihre Philosophie sagt. Daß Herr von Manske sich wohl vielleicht verliebt haben, daß aber das Mädchen reich seyn, und unter Vaters Willen stehn könnte, von dem er sich eben nicht viel versprechen dürfte, und deswegen sich vor lauter Unmuth aus dem Staube hätte machen wollen.

Billerbeck (schlägt sich vor die Stirne). Der Hagel! — Ich wußt's wohl, Tonchen — meine Philosophie ist ein sichres Wettermännchen; ich verstand mich nur nicht auf's Auslegen — Ey, ey! Also der Herr Lieutenant und Philippinchen, und Philippinchen und der Herr Lieutenant! Beyde hätten Sie sich, sagst Du?

Antonie. Beyde, glaub ich; der Er und die Sie.

Billerbeck. Hm! Und der Vater sollt' Ihnen im Wege seyn?

Antonie. Der Vater; das befürchten sie. Sagten Sie nicht selbst von sich, Papa —?

Billerbeck. Ey! Ich und Peter Gröbing — Hieronimus Billerbeck und Peter Gröbing — Das ist vo'n Hagel zweyerley. Wer wär' er denn gewesen,

wesen, der Peter Gröbing, daß er jetzt so patzig thun wollte. Kam er nicht aus der Fremde mit nichts und wieder nichts hieher? Hatte alle seine sieben Sächelchen in ein Felleisen gepackt, und fieng auf gut Glück da und dort an zu mackeln? Daß ihm's geglückt ist; daß er seine Schäfchen ins Trockne gebracht und sich sein honnettes Theilchen zusammengemackelt; wohl ihm! Aber darum sollt' er die Sayten so hoch spannen, und thun wollen, wie ein eingebohrner, erbgesessener, bemittelter Kauf- und Handelsmann? Das wäre mir eins! Er wollte einem verdienten braven Officier seine Tochter abschlagen, weil der Mann nichts hat? Dafür hat er das Geld, und kauft sich damit in eine ansehnliche Familie ein. Ist das nichts? Wär' ich Peter Gröbing, mit beyden Händen würd' ich zugreifen Und der Peter Dummhut bedächte sich, und machte Einwendungen? Und darüber sollten sich die armen Kinder zu Tode grämen? Das sollte mich dauren! Nein, nein! Zureden hilft. Ich will mich ihrer annehmen. Ich will dem Vater die Sache vorstellen, und sie sollen einander haben.

Antonie (in Verlegenheit). Sie wollten, Papa? —

Billerbeck. Ich will mich ins Mittel schlagen.

Antonie. Herr Gröbing soll aber, sagen die Leute, nicht der höflichste Mann seyn —

Billerbeck. O, ich kenn' ihn, und will ihn schon herumdrehen. Er soll mir ja sagen, so gut soll er nicht seyn. Nur muß ich erst unsern jungen Herrn ausfragen.

Antonie. Ganz gewiß, Papa. Das hätten wir bald vergessen.

Billerbeck. Wo ist er, Tonchen?

Antonie. Hinaufgegangen, glaub ich, die Post abbestellen zu lassen. Ich will ihn rufen — (indem sie geht, vor sich) und ihm einen Wink geben.

Sechster Auftritt.
Billerbeck.

Hm, hm! Läuten hätt' ich also hören, aber nicht sehn zusammenschlagen. Nun — so freut's mich doch dabey, daß mein Tonchen immer noch das alte gute aufrichtige Mädchen ist. Wenn sie sich aber nur verstellt hätte? Tonchen, Tonchen! so giengs nicht gut! Doch du hast's nicht; du kannst's nicht. Du müßtest nicht von einem Vater erzogen seyn, der lieber bey Rathe einkäme *), als auch nur im Scherz eine Lüge sagte — 'S geht sehr natürlich zu, was ich da erfahren habe. Die beyden Leutchen haben sich hier kennen lernen, und Berg und Thal kommen nicht zusammen, aber Menschen. Dem Vater

*) So viel als: bankerott würde.

Vater, wollen wir seinen Starrkopf schon zurecht rücken; und er soll Schwiegervater und Großpapa werden, und wenn er sich die Krause zerrisse!

Siebenter Auftritt.
Christinchen. Billerbeck.

Christinchen (kommt herein und sieht sich um).
Billerbeck. Wen suchst du?
Christinchen. Die Mamsell.
Billerbeck. Sie ist oben.
Christinchen. Sie muß gleich herunterkommen. (will gehen)
Billerbeck. Warum so gleich?
Christinchen. Mamsell Philippine ist da.
Billerbeck. Ist sie da? (vor sich lächelnd) Ha, ha, ha!
Christinchen. Und muß ein nothwendiges Gewerbe haben, daß sie wider Gewohnheit so früh kömmt.
Billerbeck (wie vorher). Ja, ja! Ein nothwendiges Gewerbe. Ha, ha, ha! Sag' ihr doch, ich hätt' ihr wohl ein Wörtchen zu sagen, eh' sie zu meiner Tochter gienge.
Christinchen. Ganz wohl. (will gehn)
Billerbeck. Stina!
Christinchen. Was beliebt dem Herrn?
Billerbeck. Ist der fremde Herr zu Hause?

Christinchen. Nein! Er ist nicht gar lang' ausgegangen.

Billerbeck. Ich möcht ihn auch sprechen, wenn er kömmt.

Christinchen. Ganz wohl. (will gehn, kehrt aber wieder um) Ob er heute noch reisen wird?

Billerbeck. Was gehts dich an?

Christinchen. Von wegen's Unrichtens.

Billerbeck. Er reist nicht.

Christinchen. Heute nicht?

Billerbeck. Nicht heute, nicht morgen, nicht übermorgen, nicht eher, bis er gesund ist.

Christinchen Das hab' ich zu Rolf auch gesagt; denn er sieht noch ganz miserabel aus. Ich wüßte wohl, wer ihn gesund machen könnte

Billerbeck. Wer wäre denn der?

Christinchen. Sie, Herr! und sonst niemand.

Billerbeck. Weißt denn du, was ihm fehlt?

Christinchen. O ja, und die Herzstärkung können Sie ihm allein geben.

Billerbeck (lächelnd). So mag er nur kommen, und sich klagen. Was ich thun kann, will ich gern thun.

Christinchen. Das will ich Rolf sagen, und Sie sollen's bald hören, wo's ihm eigentlich fehlt.

Billerbeck. Ha, ha, ha! Wenn ichs nicht schon wüßte.

Christinchen. Wüßten Sie's? Und von wem denn?

Bil=

Billerbeck. Von meiner Tochter.

Christinchen (schlägt voll Verwunderung in die Hände). Von der Mamsell.

Billerbeck (machts ihr nach). Von der Mamsell? — Was giebt's denn da in die Hände zu schlagen? Soll eine Tochter gegen ihren Vater hinterm Berge halten?

Christinchen. Ganz und gar nicht. Ich lobe sie darum.

Billerbeck. So kann man ja dem Uebel mit leichter Mühe abhelfen.

Christinchen. Ganz gewiß.

Billerbeck. Der Lieutenant ist ein netter artiger Mann —.

Christinchen. An dem gar nichts auszusetzen ist, wenn der Vater nichts gegen ihn einzuwenden hat.

Billerbeck. Welcher Vater wird seiner einzigen Tochter zuwider seyn, wenn er sie gut an 'n Mann bringen kann!

Christinchen. O das freut mich, lieber Herr, daß Sie so rechtschaffen denken! Wer hätte das noch vor zwey Stunden gedacht! Wie werden sich die beyden jungen Leute freuen! (indem sie fortläuft) Wie wird sich Rolf freuen!

Ach-

Achter Auftritt.
Billerbeck.

Ich thue ja wohl ordentlicher Weise ein gutes Werk, wenn ich die Sache durchsetze. Wer wollt' auch seines Nächsten Glück nicht fördern, der Menschengefühl und Einsicht und Nachdenken hat? Der Mensch, dem's noch eine Freude seyn kann, seinem Nebenmenschen zu schaden, hat zuverläßig niemals die Freude empfunden, ihm gedient zu haben; sonst würd' er sich selbst nicht in seiner Freude bevortheilen.

Neunter Auftritt.
Philippine. Billerbeck.

Philippine. Ich habe die Ehre, Ihnen guten Morgen zu wünschen, Herr Billerbeck.

Billerbeck. Guten Morgen, liebes Kind. Wohl geschlafen?

Philippine. O ja!

Billerbeck. Sie sehn mir aber so trübäugig aus.

Philippine. Der Nebel wird Schuld daran seyn.

Billerbeck. Der böse Nebel! Sie hätten auch nicht so früh in die Luft gehen sollen.

Philippine. Es ist auch sonst meine Mode nicht; aber heute —

Billerbeck. Heute hatten Sie vermuthlich Geschäffte?

Philippine. Ich hatt' etwas zu bestellen, was mein Mädchen nicht ausrichten konnte.

Billerbeck. Was Ihr Mädchen nicht ausrichten konnte. Armes Kind!

Philippine. Und im Vorbeygehen wollt ich nicht unterlassen, mich zu erkundigen, wie sich Mademoisell Antonie befände?

Billerbeck. Erkundigen wollten Sie sich? So so! Wie sich meine Tochter befände? Nicht wahr?

Philippine. Ja, Herr Billerbeck.

Billerbeck. Gottlob noch wohl, ich danke der gütigen Nachfrage. Und nach sonst Niemanden wollten Sie sich erkundigen? Wir würden uns alle im Hause viel damit gewußt haben.

Philippine. Ich habe ja die Ehre und das Vergnügen, zu sehen, daß Sie noch wohl auf sind.

Billerbeck. Und noch ein dritter?

Philippine. Wen meynen Sie, Herr Billerbeck?

Billerbeck. Ey, ey! Sind Sie denn seit zwey Tagen so unbekannt mit uns geworden?

Philippine. Ich verstehe gewiß nicht, was Sie sagen.

Billerbeck. Nicht? Sie kleiner Schelm? Aber ich verstehe, was Sie nicht sagen. Ha, ha, ha!

Philippine. Wie können Sie mich denn verstehen, wenn ich nichts sage?

C 3   Bil-

Billerbeck. Weil ich in diesem meinen kleinen Finger einen Wahrsagergeist sitzen habe, der mir alles sagt, was die Leute denken, ohne daß sie sprechen.

Philippine. Ey! den möcht' ich wohl auch haben.

Billerbeck. Wirklich? Ha, ha, ha! Und wollen Sie hören, was er mir von Ihnen sagt?

Philippine. Darauf wär' ich neugierig. Was sagt er denn?

Billerbeck. Daß Mademoiselle Philippine diesen Morgen nicht eigentlich hergekommen ist, einen Morgenbesuch bey Tonchen abzustatten, sondern viel mehr dem Herrn Lieutenant von Manske ihr Abschiedskompliment zu machen, weil sie unvermuthete Nachricht von seiner schleunigen Abreise erhalten hat.

Philippine (erschrocken bey Seite). Der häßliche Wahrsagergeist!

Billerbeck. Nun? ists rechte Fleckchen getroffen?

Philippine (niedergeschlagen und stammelnd). O gewiß, Herr Billerbeck — Sie wollen diesen Morgen etwas mit mir zu lachen haben.

Billerbeck. Und Sie sagen das so her, Kind, als wollten Sie gleich eins dazu weinen. Aber treten Sie nur näher — (er zieht sie scherzhaft bey der Hand zu sich) ich will Ihnen ein paar Wörtchen ins Ohr sagen, wozu Sie mir gleich ein freundlicher Gesichtchen machen sollen. (Ihr ganz flüchtig ins Ohr) Der Herr Lieutenant reist nicht.

Phi-

Philippine (einfältig lachend). Nicht? — (indem sie besinnt) Je — was gehts mich auch an, ob er reist oder nicht.

Billerbeck. Ich dächte, doch! Mein Wahrsagergeist, Kind! Sehn Sie meinen kleinen Finger an, und lachen Sie nicht.

Philippine (verbirgt sich lachend hinter den Fächer). Mit Ihrem kleinen Finger da!

Billerbeck. Oder schwören Sie, wenn Sie's Herz haben.

Philippine (hastig). Ich schwöre — (hält lachend inne). O ich kann gar nicht schwören.

Billerbeck. Können Sie nicht schwören! So werden Sie auch den armen Mann nicht in Verzweiflung lassen.

Philippine. Wen denn?

Billerbeck. Mein Wahrsagergeist, Kind! Er sagt mir, daß Herr von Manske nur aus Verzweiflung seine Reise beschleunigt, weil er sich von Ihrem Herrn Vater nicht viel Gutes für seine Liebe verspricht.

Philippine. So wissen Sie gewiß mehr, als ich.

Billerbeck. Oder als Sie wissen wollen? He?

Philippine. Was soll ich denn wissen?

Billerbeck. Hören Sie, Kind! Schamhaftigkeit ist für junge Mädchen ein nothwendiger Artikel; und ich lobe sie an Ihnen. Wenn Sie aber mit einem ehrlichen Manne, wie mir, unter vier Augen spre-

sprechen, der als Ihr Vater Ihr Bestes besorgen will, so können Sie's schon ein wenig näher geben.

Philippine. Was denn?

Billerbeck. Schon gut! Wir wollen einander gleich verstehen lernen. Sagen Sie mir auf Ihr Gewissen — (indem er sie bey der Hand faßt) aber recht auf Ihr Gewissen, Kind — denn ich weiß doch schon, ob Sie die Wahrheit sagen oder nicht — gefällt Ihnen unser Herr Lieutenant?

Philippine (verschämt). Je nu — warum sollt' er mir nicht gefallen?

Billerbeck. Und lieben Sie ihn auch?

Philippine. Je nu — warum sollt' ich ihn nicht lieb haben?

Billerbeck. Schön! Und Sie gefallen ihm auch?

Philippine (traurig und treuherzig). Das weiß ich wahrhaftig nicht.

Billerbeck. Nicht? So will ich's Ihnen sagen — er liebt Sie bis zum Sterben.

Philippine (lachend und hastig). Sollt er wohl?

Billerbeck. Auf mein Wort.

Philippine. Und hat mir im Leben nichts davon gesagt.

Billerbeck. Ha, ha, ha! Eben weil er daran verzweifelte, in seiner Liebe glücklich zu seyn. Ihr Herr Vater ist als ein eigner Mann bekannt, der nicht gern ausgiebt, was er doch reichlich und leicht genung verdient hat; und das mag ihn wohl abge-
schreckt

schreckt haben. Darum hat er sich so plötzlich auf den Weg machen wollen.

Philippine. Ohn' ein einzig Wort darum zu verlieren?

Billerbeck. Und was gilts, es wär' Ihnen Leid um den artigen Herrn gewesen?

Philippine. Je nu — wer mag denn nicht gern artige Leute um sich leiden?

Billerbeck. Nicht wahr? — Wenn ich nun die Sache über mich nähme, und mit Ihrem Herrn Vater spräche? Ich hoffe, mein Wort soll was bey ihm gelten. Und wenn sich's nun träfe, daß ich ihn zur Einwilligung in Ihre Verbindung bereden könnte, wären Sie das zufrieden?

Philippine (streichelt ihm die Backen). O ja, lieber Herr Billerbeck, recht sehr zufrieden! Thun Sie doch ja Ihr Bestes!

Billerbeck. Ey, Ey! Nun singt das Vögelchen, und vorhin wollt es mit keinem Tone heraus.

Philippine. Je nu! Man soll's ja nicht sogleich von sich geben, sagt meine Tante.

Billerbeck. Sagt sie? Ha, ha, ha!

Philippine. Und nun wissen Sie ja doch, woran Sie sind.

Billerbeck. Und will auch mein Bestes für Sie thun, Kind.

Philippine. Wenn meynen Sie wohl, daß Sie mich werden vor den Schemel *) führen können?

Billerbeck. Bald, wenn's Glück gut geht. Ha, ha, ha!

Zehnter Auftritt.
Vorrige. Rolf.

Rolf. Mein Herr läßt sich erkundigen, ob Ihnen seine Aufwartung jetzt gelegen ist?

Billerbeck. Gelegen! Recht sehr gelegen! Wir warten auf ihn. (Rolf geht ab)

Philippine. Erlauben Sie, daß ich zu Mademoiselle Antonien gehen darf.

Billerbeck. Warum denn? So bleiben Sie doch!

Philippine. Ich kann unmöglich — ich würd' ihn nicht ansehn können, ohne zu zittern und zu beben. (geht ab)

Billerbeck (begleitet sie). Ha, ha, ha! Sie werden ihn schon noch gewohnt werden, Kind — (allein) Ein recht unschuldiges Schäfchen. Entweder wird sie eine recht gute geduldige Hausfrau, oder ein Satan von Weibe. Der Herr mag sehen, was er aus ihr ziehen kann.

Eilf-

---

*) So viel als: zur Trauung.

Eilfter Auftritt.

Billerbeck. Ewald von Manske.

Manske. Verzeihen Sie, Herr Billerbeck, daß ich nicht gleich zugegen gewesen. Ich wünsch' Ihnen recht wohl geruht zu haben.

Billerbeck. (drückt ihm die Hand) Gleichfalls, gleichfalls! Aber, aber, junger Herr — was hat man hören müssen? Der gute Morgen sollt' auch zugleich der Abschied seyn?

Manske. (zuckt die Achseln) Ich bin schon so lange beschwerlich gewesen —

Billerbeck. Ausflüchte! Kahle Ausflüchte! Oder hatt's Ihnen jemand im Hause zu verstehen gegeben, so wollt ich's ihm weisen!

Manske. Behüte der Himmel! Im Gegentheil überall Höflichkeit, die ich so annehmen muß —

Billerbeck. Als man unter guten Freunden den guten Willen für die That annimmt.

Manske. Sie beschämen mich, guter Mann. Laßen Sie mich's Ihnen immer mit warmem Herzen gestehen, daß ich Ihr grosser Schuldner bin.

Billerbeck. Das will ich meynen. Werd' ich Ihnen nur erst Ihr Debet ausschreiben laßen, Sie sollen grosse Augen machen. Und wollten sich so davon schleichen, wie die Katze vom Taubenschlage? Was Sie nicht dachten! Nein, nein! Erst saldirt, junger Herr!

Mans-

Manske. Ihr großmüthiger Scherz läßt mich mein Unvermögen zu sehr fühlen —

Billerbeck. Was Unvermögen! Ihre völlige Gesundheit ist mein Saldo. Darüber sind wir eins worden, und Sie dürfen mir nun nicht zurücktreten.

Manske. Sag' ichs doch, man ist nicht im Stande, auch nur auf alle Ihre Güte einmal zu antworten.

Billerbeck. Frölicher Gesicht, mehr Lebhaftigkeit, mehr munteres Wesen, Herr von Manske, das wäre die einzige Antwort, die ich mir von Ihnen wünschte. Daß ich Sie doch immer noch so melancholisch sehen muß, lieber Freund!

Manke. (zuckt die Achseln) Unpäßlichkeit, Herr Billerbeck —

Billerbeck. Und wollten doch reisen — wenn Sie nur gekonnt hätten. So gehts, wenn man sich zu stark machen will. Um Vergebung — wo sollte denn die Reise mit eins zu gehen? Gewiß nach Amerika, sich dort unter den Wilden um den Lorbeerkranz zu verbluten? Dazu gehören mehr Kräfte, als Sie haben, die müssen Sie erst sammlen; und dann, Glück auf den Weg — wenn Sie bey Lust bleiben. Ha, ha, ha!

Manske. Sie scherzen mit meiner Verlegenheit.

Billerbeck. Nicht mit Ihrer Verlegenheit, nur mit Ihrem wenigen Vertrauen. Hören Sie, Freund, ich muß Sie je eher je lieber wieder hergestellt sehen. Unser Hausdoktor, der sonst in seiner Art ein ganz

guter

guter gescheiter Mann seyn mag, kurirt sich an Ihnen zum Stümper. Vertrauen Sie sich ohne Zurückhaltung mir an, und wenn ich Sie nicht durch mein Universale in kurzer Zeit aus dem Grunde kurirt habe, so sagen Sie, Hieronimus Billerbeck ist der ärgste Pfuscher auf Gottes Erdboden.

Manske. (lächelnd) Sind Sie auch Ihres Universale's gewiß, lieber Mann?

Billerbeck. Es soll mir Ehre machen. Nur muß Zutrauen da seyn.

Manske. Vollkommenes.

Billerbeck. Und damit Sie hören, daß ich ziemlich tiefe Einsicht in Ihre Krankheit habe, so ist hiermit meine erste Verordnung, vor der Hand alle Gedanken auf Wegreisen und Veränderung der Luft fahren zu lassen.

Manske. Und mein Arzt rieth mir doch Veränderung der Luft.

Billerbeck. Weil er's nicht besser verstand. Ich versteh's, und bin mein eigner Arzt vor mich. Darum behaupt ich's gegen alle consilia medica, die hiesige Luft ist Ihnen sehr zuträglich, und soll Ihnen, kraft meines Universal's, noch erst zuträglich werden.

Manske. Soll ich Ihnen gestehen, Herr Billerbeck, daß mich Ihr scherzhaftes Universale fast auf ernsthafte Gedanken bringen könnte?

Bil=

Billerbeck. Als ob ich etwa Anzeichen hätte, daß Ihre Krankheit in der Seele säße? Nur Zutrauen, hab' ich gesagt, wenn's Universale anschlagen soll. Sie reden mit einem Freunde, Freund, der Sie wie sein Kind liebt. Mißtrauen in mich könnt' Ihnen vielleicht eben jetzt viel von Ihrem Glücke verscherzen; und das sollte mir um der Verdienste willen, die ich an Ihnen habe kennen und schätzen lernen, leid thun. Vor'm Arzte muß man kein Geheimniß haben; der bin ich, und kann ich seyn; und nicht wahr, junger Herr - - (indem er aufs Herz zeigt) hier fehlt's Ihnen? Herzbeklemmung?

Manske (erstaunt). Sie fangen eine ganz neue Sprache an, Herr Billerbeck - -

Billerbeck. Eine ernsthaftere, meynen Sie; und wir sind ja Mann bey Mann. Ich hatte bereits meine besondern Gedanken über Ihre von neuen entstandene und zunehmende Melancholie, und da man mir vollends auf die Spur half - -

Manske. Wer, liebster Freund - - wer konnte das?

Billerbeck. Haben Sie meine Tochter gesprochen?

Manske. Seitdem ich wieder zurück bin, nicht.

Billerbeck. War sie nicht Ihre Vertraute? Ihr haben Sie's zu danken, wenn Sie durch mich genesen.

Manske. Wem? Reden Sie!

Bil-

Billerbeck. Ueber die Frage! Meiner Tochter

Manske. Antonien?

Billerbeck. Wem denn sonst? Wer wußte eigentlich drum?

Manske. Antonien? Und sie hatte das Herz?

Billerbeck. Halten Sie's ihr zu Gute, Herr von Manske! Ein Mädchen ist ja wohl auszufragen; und doch ließ sie mir's sauer werden, bis sie mir's gestand?

Manske. Gestand? Sie selbst? Antonie? Sie gestand Ihnen?

Billerbeck. Alles.

Manske. Alles? Und Sie haben so gütige Nachsicht mit meiner heissen Leidenschaft?

Billerbeck. Was sollt' ich denn nicht? Wir wissen ja, wer wir sind. Mensch ist Mensch, und Herz ist Herz.

Manske. Und finden sich nicht über meine Zurückhaltung gegen Sie beleidigt?

Billerbeck. Einen kleinen Verweis verdienten Sie wohl. Ich dächte, meine Freundschaft für Sie hätte mir mehr Vertrauen bey Ihnen erwerben sollen.

Manske. Wie sollt' ich mich Ihnen entdecken? Wie sollt' ich's wagen — da ich allen Anschein wider mich hatte?

Billerbeck. Das Mädchen liebt Sie, wie sie mir selbst gestanden hat; so viel haben Sie doch schon für sich. Das übrige wird sich finden.

Mans-

Manske. Wird sich finden?

Billerbeck. Soll sich finden!

Manske. Soll sich finden? Das versprechen Sie?

Billerbeck. Ich! Weil's mir um Ihre Zufriedenheit zu thun ist.

Manske (umarmt und küßt ihn). O Sie unbeschreiblich gütiger Mann! Sie Freund aller Freunde! Sie Beförderer aller meiner Wünsche! Von nun an mein lieber, zärtlicher Vater!

Billerbeck. Sachte, sachte, junger Ungestüm! Meine Brust ist empfindlich. — Wie auf einmal so verändert? Was gilts, Sie befinden sich besser? Mein Universale wirkt?

Manske. Ich bin wie neugebohren, und fühle zweifaches Leben in mir! Wer mir das diesen Morgen gesagt hätte ⸗ ⸗

Billerbeck. Den hätten sie nach dem Pesthofe (*) verwiesen. Ha, ha, ha! Glaub's wohl. Warum giengen Sie mich vorbey!

Manske. Meine Glücksumstände machten mich zaghaft ⸗ ⸗ (mit Achselzucken)

Billerbeck. Verdienst und Talente sind auch Kapitale, wenn der Adel schon kein's wäre.

Manske. Hätt' ich auch nur den flüchtigsten Gedanken darauf fassen können, daß Ihre edelmüthigen Gesinnungen so weit gegen mich gehen würden,

---

(*) Eine Anstalt, wohin man besonders Wahnwitzige bringt.

den, keinen Augenblick würde ich angestanden haben, Sie um die Fülle meines Glücks zu beschwören, Aber - - - - ist mir's doch noch, wie im Traume! Nach alle dem, was Sie schon für mich gethan haben --

Billerbeck. Wird wenig seyn, Freund. Nun will ich erst versuchen, wie viel ich für Sie thun kann. Vor allen Dingen müssen wir uns berathschlagen, wie wir uns die Hauptschwierigkeit aus'm Wege räumen.

Manske. (aufmerksam) Die Hauptschwierigkeit, Herr Billerbeck?

Billerbeck. Daß wir den Vater zur Einwilligung bereden.

Manske. Wen bereden? —

Billerbeck. Den Vater.

Manke. Den Vater?

Billerbeck. Mit dem ich doch nicht eher sprechen konnte, bis ich Ihre eigentlichen wahren Gesinnungen wußte.

Manske. Mit wem nicht sprechen, Herr Billerbeck?

Billerbeck. Mit des Mädchens Vater.

Manske. Sie scherzen?

Billerbeck. Ganz und gar nicht. Dachten Sie etwa, es wäre schon alles klar? Nein, nein! So weit sind wir noch nicht. Wir mußtens nur erst unter uns auf's Reine bringen. Nun haben wir noch unserm Schwiegerpapa unsre Visite zu machen.

Manske (erschrocken, indem er bey Seite tritt). Der Slag rührt mich, und doch darf ich nichts sagen.

Billerbeck. Machen Sie sich keine Gedanken drüber! Gutes Muths, Freund! Peter Gröbing hat seine Mucken zwar, und Sie hatten nicht Unrecht, wenn Sie seinetwegen in Furcht standen. Aber nun ich Ihr Werber werden will, soll er mir schon klein zugeben. Gleich den Augenblick will ich zu ihm gehen.

Manske (ängstlich). Ja nicht, lieber Herr Billerbeck!

Billerbeck (voll Verwunderung). Ja nicht?

Manske. 'S würde doch nichts helfen.

Billerbeck. Wie ist mir denn? Phantasiren Sie, junger Herr? Was der Hagel? Was der Hagel kömmt Sie auf einmal an?

Manske. Ich seh's nunmehr allzu deutlich, daß ich zeitlebens unglücklich seyn werde.

Billerbeck. Pfui doch, pfui! Ein Soldat, und so wenig Muth! Worüber verzagen Sie? Daß der Alte vielleicht ein Narr seyn, und sich bärbeißig stellen könnte? So müssen wir doch wenigstens das unsrige thun, und den Versuch machen; die Anfrage hat man ja umsonst, und ich will schon meinen Senf drüber herfließen lassen.

Manske. Sie würden nur das Uebel verschlimmern.

Bil-

Billerbeck. Einbildungen! Glück und Hoffnung! und damit zieht der Soldat ins Feld. Ich gehe zu Peter Gröbing ⸺

Manske. Mit meinem Willen gewiß nicht.

Billerbeck. So muß ich Ihnen wider Ihren Willen dienen.

Manske. Und ich reise stehendes Fusses. (ruft ungestüm nach der Thüre) Rolf! Rolf!

Zwölfter Auftritt.
Antonie. Rolf. Vorige.

Rolf. Gnädiger Herr!

Manske. Die Postpferde! Ohne Verzug!

Billerbeck (indem er erhitzt auf- und abgeht). Eine schöne Aufführung.

Antonie (zu Rolf mit einem Winke, daß er's nicht thun soll). Geh Er nur! (Rolf geht ab)

Billerbeck. Eine trefliche Aufführung!

Antonie (giebt Mansken einen heimlichen Verweis, und wendet sich zu ihrem Vater). Was giebt's lieber Papa? Sie sehen ordentlich böse aus?

Billerbeck. Und bin's auch recht von Herzen ⸺ über den schönen Herrn da!

Antonie. Wie könnte das seyn?

Billerbeck. Daß er meine Freundschaft auf's unhöflichste von sich stößt!

Antonie. Sollt' er das? Hätten Sie das, Herr von Manske?

Manske. Ich habe das Unglück, Mademoiselle – –

Billerbeck. Selbst nicht zu wissen, was ich will oder rede. Nicht wahr? Denk' nur, Tonchen! Erst, da ich ihm zu seiner Liebe Hoffnung mache, will der Coridon vor Zärtlichkeit zerschmelzen; und nun ich zum Vater gehn und mein Heil versuchen will, bin ich, so zu sagen, der Gefoppte. Da pinselt er, und pinselt, da soll ich nicht, und soll nicht, da würd's nichts helfen, und würd's nichts helfen – – und wie ich nun, aus lauter wahrer Freundschaft für ihn, auf seinem Besten bestehe, weißt Du, wie er mich abführt? Mit Wegreisen droht er mir.

Antonie. Schon wieder wegreisen, Herr von Manske?

Manske (halb spöttisch). Und wollten Sie mir rathen, Mademoiselle, daß ich bey so bewandten Umständen hier bliebe?

Antonie (mit einem verständlichen Wink). Einem Mädchen zu gefallen, das Sie liebt?

Billerbeck. Ja; und das arme Ding sollte Ihrentbalber mit Herzeleid in die Grube fahren?

Manske (mit angenommener Verwirrung). Sobald Sie meine Zärtlichkeit wieder rege machen – –

Billerbeck. Wollen Sie sich ergeben?

Manske. Muß ich.

Bil-

Billerbeck. Wollen nicht wegreisen?

Manske. Kann und darf nicht!

Billerbeck. Wollen nichts dagegen einwenden, daß ich mit Peter Gröbing spreche?

Manske. Ich überlasse mich Ihnen und der Liebe in allem.

Billerbeck (klopft ihm auf die Schultern). Und sollen wohl dabey fahren!

Manske. Verzeihen Sie nur mein wunderliches Betragen. Mißverstand und Zweifel ⸺

Billerbeck. Ist schon vergessen. Wir wissen ja wohl, daß es den Verliebten immer im Giebel spückt *). Ist doch der Paroxismus vorüber; das Universale soll seine fernern guten Dienste thun ⸺ A propos, Tonchen, ist Philippine schon fort?

Antonie. Noch nicht, Papa.

Billerbeck. Und sitzt so allein? Geschwind, Herr Lieutenant! das Tempo wahrgenommen! die Vestung von beyden Seiten bestürmt! Allons! Marsch! Gehn Sie, gehn Sie, und leisten ihr Gesellschaft.

Manske (verlegen). Ich? ⸺ Jetzt schon?

Antonie [etwas verdrüßlich]. So kommen Sie doch, und spielen Sie nicht das kleine Kind. [führt ihn hinaus]

Billerbeck [macht seine Mienen drüber, und ruft ihr nach]. Tonchen!

―――――――――
*) So viel als: daß es bey Verliebten immer nicht recht richtig im Kopfe ist.

Antonie (sieht in der Thüre zurück). Rufen Sie, Papa?

Billerbeck (winkt ihr). Ein Wort, Tonchen!

Antonie (kömmt zurück). Was befehlen Sie?

Billerbeck. Wo willst denn Du mit hin?

Antonie. Ich wollt' ihm nur ein wenig Muth zusprechen, lieber Papa.

Billerbeck. Wohl, meine Tochter! wohl! den hat er gar nicht. Sprich ihm nur zu! Ich empfehl' ihn Dir.

Antonie. Braucht's nicht, Papa! Er empfiehlt sich selbst. (geht ab)

Billerbeck. Das muß wahr seyn, gutes Herz war von Vater zu Sohn das Erbstück in unsrer Familie, und meine Tochter hat's auch. (geht ab)

Ende des ersten Aufzugs.

Zwey=

Zweyter Aufzug.

Erster Auftritt.

(Antoniens Zimmer.)

Philippine.

(Steht vor'm Spiegel und studirt Mienen.)

Welche Miene nun? welche wäre die beste? = = Die da? = = So? = = Auch nicht! = = So denn? (klatscht in die Hände) Ja, ja, ja, ja! Das war die rechte. Wenn er nur jetzt gleich da wäre! Wenn er nur käme! O der liebe süsse Junge! Wie soll er mir die Hand küssen! Wie will ich sie ihm drücken! und mit meinem Gesichte dazu sagen: lieber Herr Lieutenant! seyn Sie immer frey, man wirds gerne sehen; 's wird Ihnen nicht übel genommen werden = = Und dann wird er sichs gesagt seyn lassen, und wird mich auf den Mund küssen, und wird = = o wenn er's nur erst thäte! Wo er auch so lange bleibt! Was muß denn Mademoiselle Antonie immer draussen mit ihm zu plaudern haben? Ich glaube, sie kann's nicht leiden, wenn er so lange bey mir sitzt; sie ärgert sich ganz gewiß, daß er sich in mich verliebt hat, und nicht in sie (einfältig lachend) Ha, ha, ha! Jswaus! meine gute Mademoiselle. Ha, ha, ha! = = Still! Sie kommen wohl? Ja! (sieht geschwind in den Spiegel) Wie wollt' ichs

ichs machen? So? So, so! Und wenn ich mich neige? so! (stellt sich in Positur) Nun mögen sie kommen, wenn sie wollen; nun will ich ihm nichts schuldig bleiben.

Zweyter Auftritt.
Antonie. Ewald von Manske. Philippine.

Antonie. Verzeihen Sie, Philippine, daß ich Sie auf einige Minuten Ihrer angenehmen Gesellschaft beraubte. Es war in des Herrn Lieutenants eigenen Angelegenheiten, daß ich ihn sprechen mußte.

Philippine. (höhnisch) Hat nichts zu sagen. Des Herrn Lieutenants Angelegenheiten werden recht wohl bestellt seyn.

Antonie. Hören Sie, Herr von Manske? Nun sprechen Sie uns Frauenzimmern in der Stadt hier den Witz ab.

Manske. So würd' ich dem Tage sein Licht absprechen.

Antonie. Haben wir uns nicht zu bedanken? (zu Philippinen)

Philippine. (mit ihrer studirten Miene und Verbeugung) Der Herr Lieutenant sind allzu komplimentabel.

Manske.

Manske. (sieht dabey Antonien an) Ein unwürdiger Verehrer so vieler glänzenden Verdienste.

Philippine. (bey Seite) Dabey hätt' er mich wohl ansehn können.

Antonie. In welchem Kapitel Ihres Komplimentirbuches steht das geschrieben, gnädiger Herr?

Manske. Im Kapitel von den Empfindungen, Mademoiselle.

Philippine. Um Verzeihung, Herr Lieutenant, lassen Sie mich doch das Kapitel von den Empfindungen auch einmal lesen!

Manske. Sollten Sie's nicht schon gelesen haben, Mademoiselle?

Philippine. (bey Seite) Ich muß doch wohl sprechen, ja. (gegen ihn mit ihrer gewöhnlichen Verbeugung) O ja!

Manske. Ist's nicht ein schönes Kapitel?

Philippine. O ja!

Antonie. Und wie lange ist's her, liebe Philippine, daß Sie's gelesen haben?

Philippine. (in Verwirrung) Ich glaube – wie wir zusammen in der Kost (*) waren, Antonie.

Antonie. Ey! da schon? (schäckernd) Und Sie, Herr Lieutenant, wenn lasen Sie's?

(*) Eine Gewohnheit, junge Frauenzimmer bey einer Dame von entschiedenem Character zu Erlernung des Nützlichen einige Jahr zubringen zu lassen.

Manske. Wenn ich nicht irre -- mit Ihnen zu gleicher Zeit.

Philippine. (bey Seite) Wenn die dabey ist, wird 's wohl nichts mit uns beyden seyn. Er hätte das Kapitel lieber mit mir lesen sollen, so hätt' ich auch was davon gewußt.

Antonie. Der Herr Lieutenant will sich eine Lust mit uns machen, Philippinchen.

Philippine. O ja! = (bey Seite) Am besten, ich gehe jetzt, und komme bald wieder, wenn ich mit ihm allein seyn kann.

Manske (mit langer Weile). Der Morgen hat sich doch heute unvermuthet wieder aufgeklärt. Es war so neblicht, so traurig --

Philippine. Ganz erstaunend --

Manske [indem er Antonien ansieht] Und unversehens ist heitere Luft geworden.

Antonie. [sieht gegens Fenster und dann mit einem Blick auf ihn] Wird 's auch wohl bleiben.

Philippine. [bey Seite] Immer spricht er mit ihr; aus Höflichkeit, weil er hier im Hause ist --

Antonie. Sie sagen ja gar nichts, Philippinchen?

Philippine. Ich habe -- wohl -- nicht länger -- Zeit -- [indem sie ihre Blicke auf Mansken wirft]

Antonie. Sie wollen uns schon verlassen? Das werd' ich verbitten. Bleiben Sie, bleiben Sie, liebe Freundinn!

Phi=

Philippine. [gegen Manßken] Auf ein andermal. Diesen Mittag bin ich bey meiner Tante versagt.

Antonie. Bey Ihrer Tante? diesen Mittag? O da ist's noch lange hin? Die alten Tanten schlafen mit unter gern lange, und Sie werden Ihre wohl gar noch im Bette finden. Lassen Sie der guten Matrone immer ihre Bequemlichkeit und bleiben Sie bey uns. Wenn Sie nur wüßten, wie angenehm Ihre Gesellschaft hier wäre==

Philippine. [gegen Manßken] Wenn ich das wüßte==

Antonie. Nun, Herr von Manßke? Helfen Sie mir doch zureden! Der gute Freund wird vielleicht mehr ausrichten, als die gute Freundin==

Philippine. [hinter dem Fächel lachend] Ha, ha, ha!

Antonie. Sie dürfen gewiß noch nicht gehen. Der Herr Lieutenant würde mich deswegen ansehen, wenn ich's zugäbe. Ob er schon nicht spricht, so weiß ich doch, was er mir draussen gesagt hat.

Manske. (etwas unzufrieden) Antonie!

Antonie. Bald möcht' ichs Ihnen verrathen, Philippinchen. Je warum denn auch nicht! Er sagte —

Manske. (fällt ihr ins Wort) Muthwillige!

Philippine. Was sagt' er denn?

Antonie. Er sagte — (lachend) wie war's, Herr von Manske? — daß sie wünschten? — was sagten Sie mir? daß Sie? — wünschten? — was wünschten Sie denn schon?

Manske. In weniger Verlegenheit zu seyn.

Antonie. (zu Philippine) Da hören Sie's, der gute Herr Lieutenant ist ordentlich verlegen, daß er nicht weiß, was er Ihnen sagen soll. Er getraut sich nicht —

Philippine. (hinter dem Fächer) O gehn Sie doch! Ha, ha, ha!

Antonie. Immer bleiben Sie, und helfen ihm aus der Verlegenheit -- (mit einem Blick auf Manske) daß er sich finden lernt.

Philippine. (treuherzig) Weiß er sich denn nicht zu finden?

Antonie. Sie sehn's ja -- so recht nicht, wie er sollte.

Philippine. (hinter dem Fächer) Je nun -- wenn's auf's Zurechtweisen ankäme -- Ha, ha, ha!

Antonie. Ihre Gegenwart wird ihn dreist und unternehmend machen --

Philippine. Unternehmend? Ist das wahr, Herr Lieutenant?

Manske. Ohne Zweifel --

Philippine. Das sollte mir lieb seyn.

Antonie. Und ihm auch lieb, wie er mir aussieht -- Geschwind zur Sache! Wir setzten uns dazu, dächt' ich -- (sie setzt Stühle) Belieben Sie Platz zu nehmen.

Mans-

Manske. (indem sie ihn zum Sitzen nöthigt) Wie weit werden Sie's treiben?

Antonie. So weit's heilsam ist. Immer belieben Sie -- (sie setzen sich, Manske zwischen ihnen beyden) Da sässen wir! -- Nun? -- [sieht sie wechselsweise an] Dort mit dem Fächer gespielt, und hier mit dem Hute -- wie wird's? Soll ich allein plaudern? Wissen Sie denn einem Frauenzimmer gar nichts zu sagen, Herr Ritter von der traurigen Gestalt? Kein Wörtchen? Natürlich -- (indem sie seine Stellung parodirt und mit dem Kopfe nickt) wie eine von den kleinen Pagoden auf meinem Kamin -- Ha, ha, ha! Und Sie, Philippinchen? Auch nichts? Munter, munter! Wir wollen ihn hier zwischen zwey Feuer nehmen. 'S ist zwar gefährlich für uns Mädchen, unsern Anbetern mit gewissen Erklärungen zuvorzukommen; die Herrchen wissen sich viel damit, und triumphiren drüber, wenn wir nicht recht auf unsrer Hut sind. -Bisweilen sind sie aber auch dermassen zurückhaltend, daß wir mit Ihnen nie vom Fleck kommen würden, wenn wir nicht das Wort nähmen. Und geschieht's denn nur mit dem Anstande, der uns Ehr und Achtung sichert, so, denk ich, gewinnen wir in gewissen Fällen mehr für unsre Empfindungen dabey, als wir uns etwa in der Etikette der Anbeterey vergeben. Das, glaub' ich, ist hier der Fall, Philippine.

Philippine. Das glaub' ich selbst. -- Herr von Manske--

Manske.

Manske. Mademoiselle⹀

Antonie. So recht! Doch wenigstens der erste Anfang. Nur zu!⹀ Also⹀ (parodirt) Herr von Manske⹀ Mademoiselle⹀ Wie weiter?⹀ 'S ist mir eine Ehre⹀ Gleichfalls⹀ Nun?⹀ Ritter, Ritter! Sie haben wenig Herz.

Manske. (mit Bedeutung) Gefahr wird immer ihren Mann an mir finden.

Antonie. Der kluge Mann beugt der Gefahr vor.

Philippine. (beyseite) Wenn ich nur erst an's Reden kommen könnte.

Antonie. Fahren Sie doch fort, Philippine! Der Herr Lieutenant wird nicht unterlassen.

Philippine. Der Herr Lieutenant sprechen vielleicht mit gewissen andern Leuten lieber und offenherziger⹀

Antonie. (betroffen) Mit gewissen andern Leuten? Wer sollen denn die seyn? Zum Exempel?

Philippine. Zum Exempel⹀ mit Herrn Billerbeck⹀

Antonie. Aha!⹀

Philippine. [rückt, indem sie spricht, näher an Mansken, dieser näher an Antonien, und Antonie immer weiter] Denken Sie nicht, daß er mir alles wieder gesagt hat?

Manske. Wieder gesagt?

Antonie. Ey, ey! Und was denn?

Phi=

Philippine. Je nu — allerhand — dieß und jenes — Wenn ich nur fragen dürfte, ob's ihm auch alles von Herzen gegangen wäre?

Manske (mit einem Seitenblick auf Antonien). Recht von Herzen.

Philippine (rückt sehr vertraulich und stark auf ihm zu). Je nu, mein lieber Lieutenant — so wissen wir ja, was wir wissen wollen.

Antonie (bey Seite unruhig). Nun muß ich wohl wieder einlenken.

Philippine (wie vorher). Warum sagten Sie das mir nicht? Wir waren doch so fremde nicht mehr.

Antonie. Man hat aber vielleicht gezweifelt, wie's aufgenommen werden möchte?

Philippine. Gut, Herr Lieutenant! Nun haben Sie nichts mehr zu zweifeln; nun wollt' ich's doch gern von Ihnen selbst hören ⸺ ⸺ 's wird Ihnen auf die paar Worte nicht ankommen.

Antonie. Auf die paar Worte, Herr von Manske! Frisch bey der Hand!

Manske. Wie können Sie verlangen? ⸺ ⸺

Antonie. Das will so viel sagen, Philippine ⸺ ⸺ der Herr Lieutenant kann sich mit dem allen, was er wohl zu sagen hätte, nicht so kurz fassen.

Philippine. Ein Wort wäre so gut, als tausend; und das ist ja bald herausgesagt ⸺ ⸺ (rückt hart an ihn heran) Ist's wirklich wahr, was Sie gegen Herrn Billerbeck gestanden haben?

Manske. So wahr, als ich's Leben habe.

Philippine (freudig, ihm recht ins Gesichte). Sie lieben mich also?

Manske [verlegen]. Mademoiselle ⸗ ⸗

Antonie. Ey ja doch! Damit wird er auch so geradezu in eines andern Frauenzimmers Gegenwart herausplumpen! Das würde sich schicken.

Philippine (rückt sich ungeduldig bey Seite). Mit ihrem Zwischengeplaudere!

Antonie. Ich bin Ihnen, seh' ich, im Wege ⸗ ⸗ (steht auf)

Manske (steht auf, und hält sie). Nicht doch, Mademoiselle — Ich wollt' um alles nicht ⸗ ⸗

Philippine (steht auf, und geht bey Seite). Schon gut! Ich will's wohl abpassen, daß ich mit ihm allein seyn kann.

Antonie (geht ihr nach). Was fehlt Ihnen, liebes Philippinchen?

Philippine. Nichts — ich dachte nur — 's wird Zeit seyn, daß ich zu meiner Tante gehe.

Antonie. Sollt's schon?

Philippine (bey Seite). Damit sie mich loß wird.

Antonie. Sie geben uns doch die Ehre bald wieder?

Philippine. Sobald ich von meiner Tante abkommen kann — (indem sie ihre Blicke auf Mansken wirft)

Drit⸗

Dritter Auftritt.

Billerbeck. Vorige.

Billerbeck. Bravo, Kinderchen! Die Gesellschaft gefällt mir. Warum steht ihr euch aber müde? Könnt ja sitzen.

Antonie. Mademoiselle Philippine will Aufbruch machen.

Billerbeck. Ich dachte gar.

Antonie. Weil sie diesen Mittag bey ihrer Tante versagt ist.

Billerbeck. Die chere Tante wirds nicht übel nehmen, Kind – – Sie bleiben bey mir. Wir dürfen uns jetzt nicht aus'm Vortheil geben. Ich hab' Ihren Herrn Vater bitten lassen, und der wird nicht aussen bleiben. Alsdenn erst ein paar Worte unter vier Augen pro et contra bis ich ihn fest habe; hernach laß ich euch beyde zu uns rufen, et caetera, et caetera.

Manske (flüchtig zu Antonien). Das wird schön werden!

Billerbeck. Was sagten Sie da, junger Herr?

Antonie. Das wäre schön, sagt' er.

Billerbeck. Oui, Monsieur? – – [ahmt die Manier eines Weltmanns nach] 'S soll mich charmiren – – Ha, ha, ha!

Philippine [bey Seite]. Meinem Vater will ich hier lieber aus'm Wege gehen.

Billerbeck. Nun? Und wie laufen die Herzensactien, ihr Kinder? Was habt Ihr Euch schönes gesagt? He? Darf man's nicht auch wissen? [sieht sie wechselsweise an] Sprecht doch! Wie habt Ihr Euch denn? Er dort! und Sie da! Und sehn aus, wie lauter böses Gewissen! Und sehn da, wie ein Paar ertappte Schleichhändler ‒ ‒ so zerstreut, so unruhig ‒ ‒

Antonie. Vor lauter Ueberraschen, lieber Papa.

Billerbeck [zu Manßken]. Ein Officier, der schon so manche Kampagne mitgemacht — und wie er da steht?

Antonie. Die Freude bindet ihm die Zunge.

Billerbeck (etwas ärgerlich). Und Dir möchte sie die Lebensart binden, Tonchen! Laß Verliebten ihre Geschäffte, die Dich nichts angehen, und geh an die Deinen.

Manske. Ich versichre Sie, Herr Billerbeck ‒ ‒

Billerbeck. Ich versichre Sie, Herr Lieutenant, ich weiß, daß hier der dritte Spieler vor die Thüre gehört.

Philippine [bey Seite]. Das denk' ich auch.

Billerbeck. Bey dergleichen Herzenstrockirungen hat man nicht gern Zuschauer mit offenen Augen und Ohren, das weiß ich von Alters her.

An-

Antonie. Und ich versichere Sie, lieber Papa, wär ich nicht gewesen, 's wäre noch weit zurück. Sie empfohlen mir ja vorhin selbst jemanden, Papa ? ?

Billerbeck. Wohl, wohl! Ich meynte nur, Tonchen, daß es hier gar nicht nach Verliebten aussieht ? ?

Antonie. Mir sieht 's sehr darnach aus, Papa. Ihnen nicht auch, Herr von Manske?

Manske. O ? ? ja! ? ?

Philippine [bey Seite]. Mich frägt sie nicht einmal ? ? Ich muß nur gehen.

Billerbeck [zu Philippinen]. Wollten Sie was sagen, Kind? Immer heraus! [geht zu ihr u spricht leise mit ihr] Was haben Sie auf'm Herzen?—Lassen Sie sich nichts anfechten! 'S soll alles gut gehen! ? ? Wie weit seyd ihr denn mit einander?

Philippine [treuherzig und klagend]. Das weiß ich nicht.

Billerbeck. Was hat er Ihnen denn gesagt?

Philippine. Gar nichts.

Billerbeck (schüttelt gegen Mansken den Kopf). Hm!

Philippine. 'S wird doch wohl sein Ernst seyn?

Billerbeck. Zum Spaß wär's zu ernsthaft, Kind. Verlassen Sie sich auf mich.

Philippine. Sie sind auch mein einziger Trost, lieber Herr Billerbeck!

Billerbeck. Bin ich? Ha, ha, ha! Werd's aber wohl nicht lange bleiben? Ha, ha, ha!

Philippine. Indessen will ich mich Ihnen gehorsamst empfehlen = =

Billerbeck [laut, daß es die andern hören]. Wohin? Sie kommen nicht fort, Kind! Die chere Tante muß uns das' zu gute halten. Ich will Sie gleich bey ihr entschuldigen lassen, will's auch Ihrem Herrn Vater wissen lassen, daß Sie hier sind; und so könnten sie beyde diesen Mittag mit uns vorlieb nehmen. Nicht wahr, Herr Lieutenant?

Manske. Sie haben anzuordnen.

Philippine. Ich bitte um Vergebung = = mein Vater ist wunderlich, und meine Tante = = ließ sagen = = sie wäre unpäßlich.

Antonie. Ja, wenn sie unpäßlich ist, Papa = =

Billerbeck (spottet ihr nach). Ja, wenn sie unpäßlich ist, Papa = = Sie wird heute nicht gleich ihr Testament machen.

Philippine (zieht ihn bey Seite). 'S wäre doch wohl besser, Sie sprächen erst mit meinem Vater = = ich will gar nicht lange aussenbleiben.

Billerbeck (drückt ihr die Hand). Auch das! Auch das! (laut) Wenn 's denn nicht anders ist, so kommen Sie nur bald wieder.

Philippine (mit einer Verbeugung). Wenn Sie befehlen. = = (gegen Mansken) Ich empfehle mich gehorsamst = = bis aufs Wiedersehn!

Mans=

Manske Ihr ergebenster Diener. - - (macht ihr eine Verbeugung ohne sich zu nähern)

Billerbeck (parodirt ihn). Ergebenster Diener - - Ist das der ganze Kram, junger Herr? - - Das wär' auch trocken abgespeist! - - (führt ihn zu ihr) Hier, mein Herr ergebenster Diener - - (legt Hand in Hand) so machts der Chapeau hier zu Lande, (bringt Philippinens Hand an seinen Mund, daß er sie küssen muß) wenn er sich seiner Charmanten empfiehlt, und giebt ihr hinterdrein noch eine Liebesversicherung mit auf den Weg. Frisch! - - (geht von ihnen) Ich will nicht zuhören.

Philippine (leise). Haben Sie mir denn gar nichts zu sagen?

Antonie (hustet während dieser Unterredung unaufhörlich, und Billerbeck giebt ihr von Zeit zu Zeit Blicke des Unwillens),

Manske. Was ich zu sagen hätte, Mademoiselle - - (indem er auch von Zeit zu Zeit nach Antonien hinsieht) läßt sich jetzt so nicht sagen.

Philippine (indem sie auf Antonien deutet). Ich verstehe wohl, was Sie meynen — aber - - 's kann uns doch niemand hören - - wir können auch noch ein Eckchen zurücktreten - - (führt ihn einige Schritte bey Seite) Hier sind wir ganz sicher - - hier können Sie mir frey sagen, was Sie wollen - - daß Sie - - hören Sie nicht? - - daß Sie - - mich lieben?

ben? ⸗ ⸗ (schüttelt ihn recht treuherzig bey der Hand) Nun doch ⸗ ⸗

Manske. Ich will Ihnen ⸗ ⸗ hernach sagen ⸗ ⸗

Philippine. Hernach! hernach! Warum denn nicht jetzt?

Manske. Weil ich ⸗ ⸗ man sieht doch auf uns, Mademoiselle ⸗ ⸗ [drückt ihr recht treuherzig die Hand] Sobald wir ganz allein seyn werden.

Philippine (klopft ihm mit dem Fächer auf die Backen) Daß Sie nur auch Wort halten! [mit einer freundlichen Verbeugung] Adjeu, mein lieber Lieutenant!

Manske (küßt ihr die Hand). Leben Sie recht wohl, Mademoiselle.

Philippine (mit sehr verliebtem Blick und Betragen). Wenn Sie mitgiengen, möcht's angehen? (verneigt sich gegen die andern) Ich habe die Ehre ⸗ ⸗

Antonie [affectirt] Ich gleichfalls die Ehre ⸗ ⸗

Billerbeck. Nicht zu vergessen, Kind ⸗ ⸗

Philippine. Ich werde nicht ermangeln ⸗ ⸗ [geht, und Billerbeck begleitet sie hinaus, kömmt aber gleich wieder zurück; indem er zurückkömmt, unwillig]

Billerbeck. Tonchen, Tonchen! Zanken möcht' ich mit Dir!

Antonie. Zanken, Papa? Warum zanken?

Billerbeck Frag' noch lange, Mädchen! Was war das wieder für ein Gehuste? He?

An⸗

Antonie. Ich weiß selbst nicht, lieber Papa, was mir in die Kehle geflogen ist = = [hustet]

Billerbeck. In die Kehle geflogen ist! (höchst mißtrauisch) Wenn ich's errathen könnte, Tonchen!

Antonie. Was denn, Papa?

Billerbeck. Was ich nicht gern denken und sagen mag! Wie kömmt das heraus, wenn sich da ein ledig Frauenzimmer zwischen zwey Verliebte hinpflanzt, und jede Miene auffängt, und jedes Wort aufschnappt? He? Ich bin recht böse, Tonchen!

Antonie. Hätt' ich das gewußt, Papa, kein Wort wollt' ich mir haben merken lassen. So aber dacht ich, bist ja die erste, die's auf der Bahn gebracht hat; willst's auch helfen ins gerade bringen. Und da hatt' ich hier meine Freude, (mit einem Blick auf Mansken) zwey Verliebte zu sehen, die wenig sprechen konnten, und doch genung sagten.

Billerbeck Ueber die Freude! Was du nicht willst, Tonchen = = wie heißt's Sprüchelchen weiter?

Antonie. Das thu du auch nicht! = = 'S läßt sich aber denn so mancherley lernen.

Billerbeck Lerne nur, lerne! Bist auch bald reif, Tonchen! Und wenn die Vögelchen flücke sind = = verstehst mich wohl! = = Der erste gute Mann, der da kömmt, Glück damit! will ich sprechen = = Hab' ich nicht Recht, Herr von Manske?

Manske. Allerdings!

E 4

Antonie. Mein gnädiger Herr von Allerdings – – unser eine würde dabey eigentlich eine Stimme haben müssen.

Billerbeck. Die Stimme würde doch hoffentlich stimmen?

Antonie. Wenn der gute Mann auch für mich gut wäre – –

Billerbeck. Sobald er für mich gut ist, Töchterchen!

Antonie. Wenn nur Philippinens Vater das nicht auch sagt.

Billerbeck. Auch sagt! Er auch sagt! Er und ich – – Mit einem Mädchen, als die, ist's eine andre eigene Sache! – – Nicht wahr, Herr von Manske?

Antonie. Stillschweigen ist auch eine Antwort. Nicht wahr, Herr von Manske?

Billerbeck (ärgerlich). Ich wollt', ihr Weiber nähmt euch das zur Antwort!

Antonie (geht bittend auf ihn zu). Sie werden doch nicht denken, lieber Papa – – (küßt ihm die Hand)

Billerbeck (drückt ihr recht väterlich die Hand). Ich werde denken, meine Tochter, daß ich – – (indem er ihre Hand fahren läßt und geht) daß ein Mädchen von Deinen Jahren überflüßiger Hausrath ist.

[geht ab]

Vier-

Vierter Auftritt.

Antonie. Ewald von Manske.

Antonie. (schäckernd) Was überflüßig ist, giebt man ja wohl gerne weg, Herr von Manske?

Manske. Sie scherzen, Antonie, und ich möchte ‒ ‒

Antonie. Möchte?

Manske. Möchte bald über Ihren Scherz unzufrieden seyn.

Antonie. Und ich möchte doch hören, warum?

Manske. Haben Sie uns da nicht eine Verlegenheit zusammengescherzt, ‒ ‒ die ‒ ‒ fast nicht größer seyn kann.

Antonie. Was Sie sagen!

Manske. Aufrichtig, Antonie ‒ ‒ ich habe nur zwey Wege vor mir.

Antonie. Die wären?

Manske. Entweder Knall und Fall zu reisen ‒ ‒

Antonie. Wäre besonders!

Manske. Oder Philippinen zu heyrathen ‒ ‒

Antonie. Wäre noch besondrer!

Manske. Und was sonst, Antonie? Ihrem Herrn Vater entdecken?

Antonie. Wär am allerbesonderrsten!

Manske. So kann ich mich nicht drein finden. Was bleibt mir ausserdem übrig, liebes Mädchen?

Antonie. Wegreisen? Thorheit! Philippinen heyrathen? gröſſere Thorheit! Meinem Vater entdecken? die gröſte Thorheit!⹀ (ſchlägt ihn auf die Schultern) Nun laß ſehen, was Ihnen die Liebe Kluges eingeben wird. (geht ab)

Fünfter Auftritt.
Ewald von Manske.

(indem er ihr nachſieht) Die Liebe Kluges? die lauter Thorheiten eingiebt? (mit ſpöttiſchem Lachen) Ha, ha ha!⹀ Das erfahr' ich an mir!⹀ Hätt' ich doch anſpannen laſſen, ich Ther⹀ eh' ich's drauf wagte, daß man mir anſpannen läßt!⹀ Ich könnt's noch thun⹀ immer noch⹀ aber Antonie?⹀ (höchſt unentſchlüßig) Antonie! Antonie!⹀ (indem er geht) O, wer doch jetzt wieder vor Choczim wäre!⹀

Sechſter Auftritt.
(Billerbecks Comptoir)
Antonie. Billerbeck.

Billerbeck. Muth einſprechen, hab' ich wohl geſagt⹀ mußt aber nicht ſelbſt zu muthig dabey ſeyn, meine Tochter!

An=

Antonie. Ich mußte so muthig seyn, lieber Papa, um ihn bey Muth zu erhalten.

Billerbeck. Nun hast Du das Deine gethan; nun laß die Liebe für's Uebrige sorgen.

Antonie. Das mag sie, Papa, das mag sie.

Billerbeck. Und sey mir in Deinem Betragen gegen unsern Gast ein wenig eingezogner! Hörst Du?

Antonie. Sie werden mir doch so viel Klugheit zutrauen, Papa - -

Billerbeck. Ich trau Dir's zu, daß Du meine gute vernünftige Tochter bleiben wirst. Ein ledig Mädchen muß aber keiner Mannsperson die mindeste Gelegenheit zu allerhand Gedanken geben - -

Antonie. Bis jetzt hoff' ich in seiner guten Meynung von mir noch nichts verlohren zu haben. Wenn ich mir das nur auch von Ihnen versprechen dürfte, lieber Papa - -

Billerbeck. Kannst's und darfst's, Tonchen! - - [indem er ihr die Hand drückt] Denn lieber wollt' ich nicht mehr Vater genannt werden, als mit meinem Kinde fremde geworden seyn. Das fürcht ich nicht zu erleben, meine Tochter!

Antonie. (küßt ihm die Hand) Sie sollen sich meiner nie zu schämen haben, lieber Papa - -

Billerbeck. (Weichherzig) Bist und bleibst mein liebes gutes Tonchen! - - (klopft ihr die Backen) Geh, Kind, und kümmere Dich nicht weiter! Werde Dir's denken,

denken, daß Du nicht eher ruhig seyn konnteſt, bis Du Deinen Vater wieder zum Freunde hatteſt!

Antonie. (küßt ihm die Hand) Und wenn er mein Freund bleibt, ſo wird er gewiß das Glück meines Lebens befördern helfen! = = (geht ab)

Siebenter Auftritt.

Billerbeck.

Als ich nur immer kann, meine Tochter! = = (drückt ſich die Augen) Hat ſie mir nicht ordentlich das Herz in die Augen gebracht, mit ihrer weichen empfindlichen Seele! Das ſind Kinder guter Art; und wohl dem Vater, dem's gedeiht, ſolche Thränen zu vergießen. Mit der ganzen Summe väterlicher Liebe wird er darnach wuchern.

Achter Auftritt.

Chriſtinchen. Billerbeck.

Chriſtinchen. Wenn ich wüßte, daß der Herr bey gutem Muth wäre.

Billerbeck. So würdſt du ihn am längſten dabey gelaſſen haben.

Chriſtinchen. Darf ich reden, oder nicht?

Billerbeck. Wenns nur was Kluges iſt.

Chriſtinchen. Was nothwendiges wenigſtens.

Bil=

Billerbeck. Was nothwendig ist, muß abgethan werden.

Christinchen. Wenn Sie nur nicht ungehalten werden.

Billerbeck. Schon mit der Vorklage? Was ist vorgefallen?

Christinchen. Etwas ganz besonders ‒ ‒

Billerbeck. Nun?

Christinchen. Ich weiß selbst nicht, wie's zugieng ‒ ‒

Billerbeck. Was zugieng?

Christinchen. Daß ich ‒ ‒ Sie werden mir's zu Gute halten ‒ ‒

Billerbeck. (etwas ängstlich) Wenn ich's nur erst wüßte!

Christinchen. Der Herr darf sich gar keine Sorge machen; 's geht mich ganz allein an ‒ ‒

Billerbeck. Wird's bald herauskommen?

Christinchen. Sie werden wissen ‒ ‒

Billerbeck. Daß heute Dienstag ist? Viel wichtiger wird's wohl nicht seyn?

Christinchen. O ja! Sie werden wissen ‒ ‒

Billerbeck. Der Hagel mit Wissen und Wissen, eh' ich's erfahren kann! Was soll ich wissen?

Christinchen. Daß Kauf vor Miethe geht ‒ ‒

Billerbeck. Und daß?

Chri

Christinchen. Und daß ich den Herrn gebeten haben wollte, sich auf Himmelfahrt*) nach einer andern in meine Stelle umzuthun.

Billerbeck. Steht dir's nicht mehr bey mir an?

Christinchen. Was wollt's nicht! Aber ‒‒

Billerbeck. Aber?

Christinchen. Man muß doch einmal sein eigen werden.

Billerbeck. Hm, hm! Heyrathen will man also?

Christinchen. So ohngefähr.

Billerbeck. Glück dazu.

Christinchen. Und dabey wollt' ich nur fragen ‒‒

Billerbeck. Nun?

Christinchen. Wie lang' ich wohl in's Herrn Diensten gewesen wäre?

Billerbeck. Das weiß ich nicht gleich aus'm Kopfe ‒ 's ist angeschrieben, und ich will nachsehen. du sollst um keinen Dreyling**) an deinem stehenden Lohne zu kurz kommen.

Christinchen. Deswegen war's gar nicht gefragt ‒ ich wollte nur sagen, daß 's all eine artige Zeit her seyn muß.

Bil-

─────────
(*) Himmelfahrt und Martini sind die gewöhnlichen Wechselzeiten der Dienstboten in Hambnrg.

**) Die kleinste Scheidemünze im Niedersächsischen.

Billerbeck. Ja, ja! In die sieben bis acht Jahr — Achtmal zehn ist Achtzig — ausser was du dir sonst noch zusammengeworfen und bey mir deponirt hast — 'S ist dir unverlohren, und kann sacht' an ein hundert funfzig Thälerchen hinanlaufen. Für ein Mädchen von deiner Condition immer schon ein guter Anfang zum Hausstande. 'S sollte mir leid thun, wenn du dich an einen Kerl gehangen hättst, der dir's Kapitälchen verzehren hülfe, hernach in die weite Welt gienge, und dich mit'm Kindergeschrey sitzen liesse. 'S wäre Schade um dich, bist ein wirthschaftlich, haushälterisch Mädchen, hast nicht geschlampamt, wie andre, hast das deine zu Rathe gehalten, hast mir nichts veruntraut, hast mir treu und ehrlich gedient, hast dich gut, sauber und ehrbarlich aufgeführt; den Ruhm und das Zeugniß kann ich dir vor jedermann geben —

Christinchen. Das ist mir auch lieber, als alles. Und darum dacht ich eben — sollst doch hören, ob der Herr mit dir zufrieden ist? hinderlich wird er dir bey dem heiligen Werke nicht seyn; in kontrarium wird er dir allen Segen wünschen —

Billerbeck. Von Grund meines Herzens.

Christinchen. Und könnt' auch wohl noch ein Uebriges an dir thun, da er weiß, daß du keinen Menschen weiter hast, der 's thun könnte, und da er selbst sagen muß, daß du ihm treu und ehrlich gedient hast — Sollst dich immer das Wort nicht verdrüssen

drüssen lassen; wie bald könnte sichs fügen, daß er dir die Zweyhundert voll machte, so wärst du auf einmal geborgen. 'S kömmt ihm ja bey Steinfremden nicht auf Honnettablität an, er thut Gutes, wo er weiß und kann; so würd' er bey dir auch ein Gotteslohn mitnehmen —

Billerbeck. Du bringst ja deine Worte vor, wie ein Dielennotarius *) — Ha, ha, ha! —'S kann Rath werden, Stina! Die Kost richt' ich dir aus, und wenn du mit Zweyhunderten zukommen kannst; so werden sie dich reich machen, und mich nicht arm. Will das meinige gern zu deinem Glück beytragen, wenn's angewandt ist.

Christinchen. Der Herr soll sehen, wie wir uns damit forthelfen wollen.

Billerbeck. Dazu kenn ich dich. Hast fremder Wirthschaft gut vorgestanden, wirst dir bey deiner eignen nicht im Lichte stehn. Was denkt ihr denn anzufangen?

Christinchen. Ich hab's so bey mir überlegt — eine Hälfte wollten wir zum Nothpfennig bey Seite legen, und mit der andern wollten wir uns nach einer Gelegenheit umsehn, und anfangen zu speisen.

Billerbeck. Zu speisen! Hm! Geht an! 'S läßt sich dabey auskommen, wer seinen billigen Vortheil versteht. Nur müßt ihr die Suppen nicht zu sehr

*) Unter Diele versteht man den Gerichtsort der regierenden Herren in Hamburg.

sehr nach der Alster *) schmecken lassen, daß ihr die Kundleute behaltet.

Christinchen. Dafür soll wohl gesorgt werden.

Billerbeck. Und wie bist du denn so mit einem male auf's Heyrathen gefallen? He?

Christinchen. Zeit hat Ehre, Herr Billerbeck, und Gelegenheit macht Diebe — wenn man so einige Monate zusammen aus- und eingeht —

Billerbeck. Zusammen aus- und eingeht? Wüßt' ich doch nicht — Hast mir immer das Haus reine gehalten, und der neue Herr Speisewirth wäre doch aus- und eingegangen?

Christinchen. Noch dazu mit Ihrem Wissen und Willen.

Billerbeck. Noch dazu? Wer wär' er denn?

Christinchen. He, he, he! Ein netter zuthulicher Mensch.

Billerbeck. Kann mir's einbilden, weil dir's um ihn zu thun ist — Soll ich ihn aber nicht kennen lernen?

Christinchen. Kennen? he, he, he! Der Herr und der Diener — es wird wohl einem gehn, wie dem andern — Da der Herr hier Dach und Fach behält, so suchte Monsieur Rolf auch unterzukommen —

Billerbeck. Aha! Monsieur Rolf? der soll Tischdecken lernen? Wie denn aber, wenn aus des Herrn

*) Ein Fluß in Hamburg.

Heyrath nichts wird, und er wollte nicht von ihm laſſen? Wollt'ſt du mit in der Welt herumziehen?

Chriſtinchen. Nichts aus der Heyrath wird? Wollten Sie Ihr Wort wieder zurücknehmen?

Billerbeck. Wer ſagt das? Wort iſt bey mir Wort, und muß jedem ehrlichen Mann ſeyn, wie ein Sola-Wechſelbrief. Ich hab's dem Herrn gegeben, und werde nicht damit falliren.

Chriſtinchen. Und was hat's denn weiter für Noth? So iſt ja der Herr ſo gut, wie verheyrathet, wenn Sie ihn verheyrathen wollen.

Billerbeck. Wenn ich will! wenn ich will! Red'ſt, wie im Schlafe! Müſſen andre nicht auch wollen?

Chriſtinchen. Der Mamſell wird's nicht zuwider ſeyn —

Billerbeck. Das weiß ich ſo gut, als du. Aber hat denn die Mamſell keinen Vater?

Chriſtinchen. Sagten Sie denn nicht, Sie hätten Ihr Wort von ſich gegeben?

Billerbeck. Das hab' ich; und wenn's nach meiner guten Abſicht geht, ſo hat er ſie.

Chriſtinchen. Und wird ſie haben! Denn Mamſell Antonie wird der guten Abſicht ihres Papa's nicht entgegen ſeyn.

Billerbeck. Antonie! Haſt du getrunken, Stina? Was geht Tonchen des Lieutenants Heyrath an?

Chriſtin-

Chriſtinchen. Doch wohl ſo viel, als mich Rolfs ſeine?

Billerbeck. Dummer Schnack! *)

Chriſtinchen. Sie ſagen ja, daß er ſie haben ſoll?

Billerbeck. Wen haben?

Chriſtinchen. Mamſell Antonien.

Billerbeck. Dummer Schnack! Ein Fremder meine Tochter. Da könnt ihr lange ſpeculieren!

Chriſtinchen. So bin ich ganz und gar dumm. Ich habe doch geſehn und gehört ╪

Billerbeck. (zufahrend) Was geſehn? was gehört?

Chriſtinchen. Geſehn, daß Mamſell Antonie und der fremde Herr ſehr freundſchaftlich gegen einander geſinnt ſind.

Billerbeck. Und nicht eingeſehn, daß es aus Höflichkeit geſchieht?

Chriſtinchen. Auch gehört, daß ſie heute Morgen recht mißvergnügt über die ſchnelle Abreiſe war.

Billerbeck. Und daraus geſchloſſen, daß ſie das bewußte Frauenzimmer wäre?

Chriſtinchen. Wie anders?

Billerbeck. Dummer Schnack! (recht ſelbſt zufrieden) Ha, ha, ha!

Chriſtinchen. Wär's denn ſo Unrecht?

Billerbeck. Dummer Schnack! Ha, ha, ha!

Chriſtinchen. Ich ſeh' kein Unglück dabey ╪

F 2

Biller-

*) So viel als: Gewäſche.

Billerbeck. (drohend) Sprich von meiner Tochter mit mehr Respeckt! du!

Christinchen. Der Herr muß drum nicht böse werden. Ich hatte nur meine eignen Gedanken.

Billerbeck. Dumme Gedanken!

Christinchen. Die Zeit wird's lehren, wer der Dumme ist, ich, oder ‒ ‒

Billerbeck. (zufahrend) Du, oder wer?

Christinchen. Ich, oder ‒ ‒ der, der eben die Treppe herauf kömmt ‒ ‒ (läuft ab)

Neunter Auftritt.

Billerbeck.

Potz dummen Schnack und kein Ende! Sie könnten mir lieber gar meine Tochter mit dem Lieutenant ins Geschrey bringen! Da hätten wir den Dank für unsre Bemühung um ihn! Postfestum! Aber ‒ ‒ laß sich seine eignen Gedanken machen, wer will! mit solchem Volke muß man Geduld haben; das sieht nicht weiter, als die Hand vor'n Augen. Wir wissen, was wir wissen, und haben unsre Geheimnisse für uns. Am Ende wird sich's weisen ‒ ‒ ha, ha, ha, ‒ ‒ es wird sich weisen, wer sich auf sein Einmal Eins am besten verstanden hat ‒ ‒ ha, ha, ha!

Zehnter Auftritt.

Christinchen. Billerbeck.

Christinchen. Herr Gröbing ist draussen = =
Billerbeck. Laß ihn herein treten! = = (Christinchen geht) Nun wollen wir's Werk mit Freuden angreifen.

Eilfter Auftritt.

Gröbing. Billerbeck.

Gröbing. Da bin ich zu des Herrn Diensten.
Billerbeck. Sie sind mir willkommen, lieber Mann. Nehmen Sie's nur nicht übel, daß ich Sie her bemühet = =
Gröbing. Hat nichts zu sagen. Ich mache ja so alle Tage meine Runde durch die Stadt.
Billerbeck. Mühe lohnt.
Gröbing. Sonst möchte auch der Henker so herum travaßen.
Billerbeck. Setzen Sie sich.
Gröbing. Ich werde nicht viel Zeit zum Sitzen haben.
Billerbeck. So preßirt?
Gröbing. 'S geht mit mir in einem von Hinz zu Kunz. Börsenzeit ist auch bald, und ich habe noch vielerley zu expediren. Der Herr wird so gut

seyn, und kurz faſſen, was zu Seinen Dienſten iſt; denn aufhalten kann ich mich gar nicht.

Billerbeck. Hören Sie, lieber Mann, ich wollte mit Ihnen von einem Artikel ſprechen ‒ ‒

Gröbing. Wenn er nur irgend zu haben iſt, ſo bin ich der Mann.

Billerbeck. 'S wird einzig und allein auf Sie ankommen ‒ ‒

Gröbing. So können Sie gewiſſe Rechnung drauf machen ‒ ‒

Billerbeck. Verſprechen Sie nichts im Voraus ‒ ‒

Gröbing. Konditionsweiſe ‒ ‒ Was ſoll's denn vor ein Artikel ſeyn?

Billerbeck. Hören Sie ‒ ‒ Sie haben eine Tochter ‒ ‒

Gröbing. Nun?

Billerbeck. Hübſch und mannbar ‒ ‒

Gröbing. Zu meinem Leidweſen!

Billerbeck. Zu Ihrem Leidweſen? Hätten Sie denn Klage über Sie zu führen?

Gröbing. Eben nicht! Aber der Herr weiß wohl aus eigner Erfahrung, daß einem alle Haare auf dem Kopfe weh thun, wenn man an die Ausſtattung denkt.

Billerbeck. (huſtet bey Seite) Ja, ja ‒ ‒ Doch müſſen wir einmal dran ‒ ‒ ‒

Gröbing. Freylich wohl ‒ ‒

Biller‒

Billerbeck. Und wenn wir unsre Maasregeln nehmen können ≈ ≈

Gröbing. Die sind schon genommen.

Billerbeck. Wie denn ohngefähr, daß man sich auch darnach richten könnte? ≈ ≈

Gröbing. Das will ich dem Herrn sagen: Ausstattung, wenn sie meinem Kopfe folgt; keine Ausstattung, wenn sie ihrem Kopfe folgt. Damit holla und richtig!

Billerbeck. Das läßt sich hören. Sonach würden Sie bey einer guten Parthye kein Bedenken tragen?

Gröbing. Sobald sie gut ist, lieber heut als morgen aus dem Hause damit.

Billerbeck. So schlag der Herr zu! Ich weiß eine ≈ ≈

Gröbing. Für meine Philippine?

Billerbeck. Für Ihre Mademoiselle Tochter. Darum eben hab ich Sie her bemüht.

Gröbing. Hm! (indem er ihn bedenklich ansieht) Selbst eine mannbare Tochter im Hause, und für anderer ihre geworben? Was gut ist, behält man sonst gern für sich ≈ ≈

Billerbeck. Die Parthie kann an sich gut seyn, und ich kann sie darum doch nicht brauchen.

Gröbing. So müßt's der Herr selbst seyn ≈ ≈ anders versteh' ich's nicht.

Billerbeck. Ha, ha, ha!

Gröbing. (freudig) Ja? Das wär' ein gefundefundener Handel. Der kann ſtante pede geſchloſſen werden. Der Herr Schwiegerſohn Billerbeck, ha, ha, ha!

Billerbeck. Ha, ha, ha!

Gröbing. Wohl älter, wie der Herr Schwiegerpapa? Ha, ha, ha!

Billerbeck. Ha, ha, ha!

Gröbing. Wir könnten umtauſchen, ha, ha, ha!

Billerbeck. Ha, ha, ha!

Gröbing. Drum und dran — das Alter thut nichts zur Sache. Der Herr iſt immer noch in der Kapacität, ſeine Frau zu nehmen; und ein junges Mädchen läßt ſich ziehn, wie man's haben will. Arm ſoll der Herr bey Philippinen nicht werden; und was wir thun wollen, wollen wir bald thun. Der Herr thut mir die Ehre an; und an mir ſoll Er auch keinen Kahlmäuſer finden. Nur den erſten Vorſchlag gethan.

Billerbeck. Sie haben meinen Vorſchlag ganz verkehrt genommen, lieber Mann. Ha, ha, ha!

Gröbing. Wie ſo?

Billerbeck. Ich und heyrathen! Eine Frau, die meiner Tochter jüngere Schweſter wäre! Ich müßte ja fürchten, die Leute wieſen mit Fingern auf mich, und ſähen mir nach der Perücke. Wo dächten Sie hin, lieber Mann? Wir haben das Unſrige genoſſen; nun laß die junge Welt auch an die Reihe.

Grö-

Gröbing. Nach Belieben! Aber der Herr macht mich auch ganz konfus. Auf wen ist's denn mit Ihrem Vorschlag gemünzt? Wen haben Sie für meine Tochter in Gedanken, den Sie für Ihre Mademoiselle nicht brauchen könnten? He? Kurz und deutlich!

Billerbeck. Sie müssen nicht ungehalten werden, lieber Mann.

Gröbing. Meine Wege sind die weitesten; und wenn ich's nicht bald erfahren kann – –

Billerbeck. Gleich, gleich! Ich hoffe, wir sollen noch eins werden.

Gröbing. Wenns hallweg' ist, warum nicht?

Billerbeck. Kennen Sie den fremden Herrn, der bey mir im Hause ist?

Gröbing. Den Soldaten?

Billerbeck. Den verdienten, braven, rechtschaffenen Officier?

Gröbing. Der ist im Vorschlage?

Billerbeck. Wenn er's nun wäre?

Gröbing. Ein Soldat? Ich müßte die Einquartirung auf meinem Garten schon vergessen haben! wie mir's da in Beutel geleuchtet.

Billerbeck. Wer wollte darnach gehen! Ich sag' Ihnen, dieser Officier, dieser mein Gast, ist der beste, gefälligste, rechtschaffenste Mann von der Welt.

Gröbing. Und hat nichts?

Billerbeck (zuckt die Achseln). Gar viel wird's freylich nicht seyn — Aber seine Geburt, und was er sich in der Welt versucht hat ⁄ ⁄

Gröbing. So viel versucht, daß er hier seinen Schnitt zu machen sucht! Das kann er an mir und meiner Tochter unversucht lassen.

Billerbeck. Sie sollten den Mann nur genau kennen.

Gröbing. Ich darf ihn nur nennen hören, so kenn' ich ihn von innen und aussen. Ein Officier ⁄ ⁄ ausser Diensten ⁄ ⁄ auf lauter Finessen abgerichtet ⁄ ⁄ auf alle lustige Schwänke erpicht ⁄ ⁄ nichts verdienen können, und alle Tage herrlich und in Freuden gelebt ⁄ ⁄ für den ich eine eigne Münze anlegen lassen müßte ⁄ ⁄ solchen Herrn von Lockerinsky mir zum Schwiegersohne vorzuschlagen? der vielleicht schon an hundert Orten seine Frau sitzen hat? daß er's meiner Tochter eben so machte? mich bis auf's Hemde auszöge, und zum Final das freye Feld suchte?

Billerbeck [ärgerlich]. Der Herr weiß nicht, was er da herplappert ⁄ ⁄

Gröbing. Und der Herr mußte nicht richtig im Kopfe seyn, daß er mir den Vorschlag that.

Billerbeck. Der Herr besitzt viel Höflichkeit ⁄ ⁄

Gröbing. Und der Herr viel Klugheit ⁄ ⁄

Billerbeck. Bedacht, was man spricht!

Gröbing. Und bedacht, was man vorschlägt! mir vorschlägt, mir zum Schwiegersohne vorschlägt! Einen

Einen Herrn von Habenichts auf Verthuviel! Ein fremdes Kerlchen, das auf gut Glück in der Welt herumstreicht! 'S würde ihm nicht übel gefallen, wenn er sich hier bey mir ins volle Nest setzte.

Billerbeck. Wie's dem Herrn auch nicht übel gefiel, als er aus der Fremde hieher kam, und sich bey seinem Schwiegervater ins volle Nest setzte.

Gröbing. Das hatt' ich mir und meinem guten Rufe zu danken, und keinem Vorschlage. Ich hab' auch der Familie weder Schimpf noch Tort angethan.

Billerbeck. Wer spricht davon? Wir sprachen von einer Parthie für Ihre Tochter; und weil sich der gute ehrliche Mann mir anvertraute, und mir am Herzen legt, und ich ihm damit geholfen glaubte, so dacht' ich = = „Sollst's Wort für ihn nehmen! hilft's, so hilfts! hilfts nicht, so hast du als Mensch das deine gethan"= = Der Herr hats Thun und Lassen!

Gröbing. Der Herr denkt auf die Art, wie jener Schuster, der das Laster stahl, und den armen Leuten Schuhe draus machte.

Billerbeck. Der Herr ist sehr impertinent = =

Gröbing. Der Herr giebt mir Anleitung. Liegt Ihnen Ihr ehrlicher Mann am Herzen, warum helfen Sie ihm nicht mit Ihrer Tochter?

Billerbeck. Mit mir ist's ein Unterschied = =

Gröbing. Mit dem Herrn ein Unterschied! Wetter! über allen Unterschied! Sag ich's doch = =

das

das Leder gestohlen und den armen Leuten Schuhe daraus gemacht. Auf die Art läßt sichs wohlfeil als Mensch das seine thun.

Billerbeck. Herr Peter Gröbing = = seit wenn sind wir denn so groß geworden? Man weiß ja des Herrn Anfang wohl = =

Gröbing. Aber des Herrn Ende noch nicht.

Billerbeck. Weiß der Herr, wo er ist?

Gröbing. Wärs nur anderwärts, ich wollts dem Herrn besser sagen!

Billerbeck. Der Herr ist bekannt = =

Gröbing. Was hab ich denn für meinen Weg? he? und für meine Zeitversäumniß? he?

Billerbeck. Den Henker zur Courage!

Gröbing. Schon gut! wir finden uns! [geht ab]

Billerbeck. Ehster Tage! = = (allein) Impertinenter Kerl! (geht auf und nieder und reibt die Hände) Sagt mir für meinen guten Willen noch Sottisen, der Grobian! denkt Wunder, wer er ist, der Glückspiltz!

Zwölfter Auftritt.

Billerbeck. Ewald von Manske.

Manske [bleibt an der Thüre stehen]: Wies nur abgelaufen seyn mag!

Bil=

Billerbeck (wie vorher, ohne ihn zu sehen). Weiß nicht vornehmes Blut gegen sein Lumpengeld abzurechnen, der Knauser!

Manske (Wie vorher). Allem Anscheine nach - - erwünscht für uns.

Billerbeck (wie vorher). Will sich mit mir messen, der Hanns von vorgestern!

Manske (wie vorher). Ganz gewiß erwünscht.

Billerbeck (wie vorher). Beschimpft mich in meinem eignen Hause, der Bengel!

Manske (wie vorher). 'S ist gekommen, wies kommen sollte. Ich kann ihn getrost anreden. (geht nach ihm zu) Herr Billerbeck!

Billerbeck (ohne ihn zu hören). Dummer Kerl mit seiner Hochbrüstigkeit!

Manske. Herr Billerbeck!

Billerbeck (Mansken ins Gesicht). Schurke!

Manske (lächelnd). Mir das, Herr Billerbeck?

Billerbeck (erschrocken). Bewahre! Sie sind mein lieber armer Freund - - aber - - es giebt rechte Schurken in der Welt.

Manske. Wie soll ich das verstehen?

Billerbeck. Erzschurken! Vergeben Sie mirs nur, daß ich weder sah noch hörte - - Sie sehn - - ich kann noch nicht des Zorns Herr werden - - (geht einigemal auf und nieder und brummt vor sich)

Manske. Das seh ich! - - Sie müssen ausserordentlichen Verdruß gehabt haben.

Billerbeck (im Auf= und Abgehen) Wie ichs ihm nur beybringen soll!

Manske. Laßen Sie mich Theil nehmen.

Billerbeck (wie vorher). Er wird des Todes, wenn ers erfährt.

Manske. Ich sah einen gewissen Mann von Ihnen herauskommen = =

Billerbeck (zu ihm). Einen gewissen Schurken von Menschen, sagen Sie nur!

Manske. Fast kann ich rathen, was Ihnen das Blut so in Wallung gebracht.

Billerbeck. Ich muß nur von weitem ausholen, sonst rührt ihn der Schlag auf der Stelle. (dieses wieder vor sich)

Manske. Um soviel mehr sollte mirs leid thun, daß ich die unschuldige Ursach gewesen wäre.

Billerbeck (vor sich). Doch muß ers wissen.

Manske. Ich bitte, beruhigen Sie sich und entdecken mir. = =

Billerbeck (vor sich). Wirst was tröstliches zu hören kriegen, armer Schelm!

Manske. Warum stehen Sie so lange an?

Billerbeck (tritt zu ihm). Hören Sie nur, lieber Herr von Manske = = man soll eigentlich in der Welt auf nichts gewiße Rechnung machen.

Manske [mit Achselzucken]. Die Wahrheit find ich in meinem Schicksal bestätigt.

Billerbeck. Oft kömmt ein Wechsel, den man für den sichersten hält, am ersten mit Protest zurück.

Mans=

Manske. Das hat man wohl.

Billerbeck. Bey jedem Vorhaben sollten wir uns deswegen immer das schlimmste vorstellen, so wären wir vielleicht darauf gefaßter, wenns nicht nach Wunsch ausschlüge.

Manske. Sobald ich an meine Glücksumständ<i>e</i> denke, die mir wenig oder gar keine Hoffnung lassen, worauf sollt ich nicht gefaßt seyn?

Billerbeck. 'S giebt Menschen, mit denen mans verreden sollte sich einzulassen = = schmutzige Erdwürmer, die nur die Gestalt von Menschen, aber nicht das Herz haben.

Manske. Halten Sie sich nicht länger so von ferne mit Ihrer Entdeckung, bester Freund = = kommen Sie getrost damit näher = = es ist mir nichts unerwartetes, was ich mir aus Ihrem Gesagten für mich zusammen denken kann. Ich schwör' Ihnen, daß ich ganz mit den Gedanken hereintrat, das von Ihnen zu erfahren. Herr Gröbing ist auch einer von den speculativischen Vätern, die mit ihren Töchtern nicht so freygebig sind, und ihre Gelegenheit damit zu erwarten denken. So viel wollen Sie doch gesagt haben?

Billerbeck. Ich wünscht' ich hätt's nicht dürfen = = mir rechnen Sie's nicht zu, lieber Freund! Ich that, was ich konnte.

Manske. Das bin ich versichert, und muß mich in meine Widerwärtigkeiten ergeben.

Bil-

Billerbeck. Armer junger Mann-- Sie dauern mich von Grund der Seelen. Um eines übelgesinnten Vaters willen sollen Sie um Ihr Glück geprellt seyn, da das Mädchen Ihren Verdiensten Gerechtigkeit wiederfahren läßt?

Manske. Sagen Sie nicht zu viel, Herr Billerbeck--

Billerbeck. Ey ich weiß wohl, was ich sage-- daß Sie ein guter lieber Mann sind, und alles Gute verdienen; und daß der Vater ein Bret vorm Kopfe hat, da ihr Kinder einander liebt, und Liebe die Seele des Ehestandes ist. Könnt' er seine Tochter besser an'n Mann bringen.

Manske. Wenigstens an keinen bessern, als ich seyn würde; die Versicherung wollt ich ihm schriftlich geben.

Billerbeck. Und was phantasirt denn die alte Nachtmütze? 'S geht doch unmöglich an, daß zwey gute Leutchen unter eines wunderlichen Mannes Eigensinne leiden sollen.

Manske. Und ist doch nicht zu ändern. 'S ist ihm doch nicht abzuhelfen.

Billerbeck Nicht abzuhelfen? Alle Hoffnung aufzugeben? Hm! das wäre ärgerlich! Lassen Sie mir einen Augenblick Zeit. (geht auf und nieder und überlegt)

Manske. (vor sich) Stünde mir Antonie an der Stirne geschrieben, der gute Mann würde andre Ueberlegungen machen. Aber das ist der allgemeine

Fall

Faß mit dem Menschen - - Allzeit fertiger Richter in der Sache des Nächsten, und sein selbst eigner rüstiger Advokat, bestochen von Selbstliebe und Eigennutz.

Billerbeck. (schlägt ein Schnippchen mit den Fingern, und kömmt hastig auf ihn zu) Hören Sie, junger Herr! Wie wär's, wenn wir den Alten um's Mädchen beschuppten.

Manske. (erstaunt) Was rathen Sie, Herr Billerbeck! Menschenraub? Den verabscheu' ich, so kavaliermäßig ihn die Mode auch gemacht haben mag. Der Soldat soll seiner Bestimmung nach die strengsten Grundsätze haben, und ich will ihn nicht berüchtigter machen helfen. Sein Stand ist der Wehrstand, er muß Gewährsmann des äussern Friedens seyn, und nicht sein Störer. So beurtheilen Sie mich! Der Vater ist einziger rechtmäßiger Eigenthümer seines Kindes, und so lang' er mir nicht sein Recht drüber abtritt, muß ich meine Wünsche, so aufrichtig, so lebhaft, so dringend sie seyn mögen, dem guten Glück anheimgestellt seyn lassen.

Billerbeck. Diese herrlichen Gedanken machen mir die Sorge für Sie noch immer angelegener. Ich denke hin und her; und so ähnlich mein Einfall auch einer Entführung sieht, so find' ich doch, daß er sich wohl erklären liesse. Wenn wir dem Vater dadurch ein blindes Schrecken einjagten? He? Ein guter General läßt zuweilen blinden Lerm schlagen, Herr Soldat, und gewinnt dabey.

Manske. (bedenklich) Machen Sie mich nicht entschlossen, Herr Billerbeck ⸗⸗

Billerbeck. Wie wollen Sie sich sonst rathen? Zu was sonst entschliessen?

Manske. Wozu ich schon entschlossen war ⸗⸗ mich eiligst von hier und meiner Geliebten zu entfernen, und mich mit meiner befriedigten Pflicht über meine unbefriedigte Leidenschaft zu trösten.

Billerbeck. So viel Herz hätten Sie? Wären nicht muthig genung ein kleines zu wagen, aber entschlossen, weit mehr aufs Spiel zu setzen?

Manske. Das versteh' ich nicht ⸗⸗

Billerbeck. Wenn Sie nun die Stadt und das Mädchen im Rücken hätten, das nicht ohne Sie leben kann ⸗⸗ und die arme Verlassene grämte sich schmerzlich darüber zu Tode ⸗⸗ wie leicht kanns kommen ⸗⸗ und die Hiobspost wird Ihnen über lang oder kurz gebracht; soll Ihnen da Ihr Gewissen den Vorwurf zu machen haben, Sie hätten ihr Leben verkürzt?

Manske. Ich ihr Leben verkürzt! der ichs gern mit allem, was ich noch zu leben habe, verlängern wollte! ⸗⸗ Sie erschrecken mich! Ich entsetze mich vor dem blossen Gedanken! Diese einzige Furcht könnte mich verleiten; aber Sie wissen nicht, guter Mann, Sie wissen wahrlich nicht, was Sie mir einreden!

Billerbeck. Beruhigung, lieber Freund.

Manske. Beruhigung, Herr? Doppelte Unentschlossenheit! Was für Folgen könnt' es haben ⸗⸗?

Billerbeck.

Billerbeck. Ihre Verbesserung, Herr Lieutenant. Wollen Sie erlauben, daß ich recht freundschaftlich und offenherzig rede?

Manske. Ich erwarte es von Ihnen nicht anders.

Billerbeck. Sie haben Ihre vorzüglichen Verdienste; aber = = (zuckt die Achseln) 's fehlt Ihnen am Besten! 's geht Ihnen das ab, was der größte Theil der Welt zum größten Verdienste zu machen pflegt, ohne was das schüchterne wahre Verdienst sich oft nicht nach Wunsch in der Gesellschaft zeigen kann = = Geld! Jetzt böte sich Ihnen vielleicht in Ihrem ganzen Leben die einzige Gelegenheit an; und des Vaters Geld würd' Ihren Verdiensten auf einmal wundersam empor helfen, wenn Sie sich die Gelegenheit nicht entwischen lassen. Wollen Sie's glauben?

Manske. Ich glaube gern, daß Sie Ihre guten Absichten mit uns haben.

Billerbeck. Wahrlich! denn ich kann nichts dabey profitiren.

Manske. Aber was kann ich mir von einem beleidigten aufgebrachten Vater versprechen?

Billerbeck. Aussöhnung, junger Herr! Vater bleibt Vater. Zudem so ist's die einzige Tochter; das käm' Ihnen sehr zu statten. Anfangs würde der Alte freylich toben und lermen, und von diesem und jenem sprechen. Nach und nach aber würde sich's Ungewitter schon legen. Er würde sich nach seinem

Kinde zu sehnen anfangen, würd' Euch vergeben, würd' Euch kommen lassen, würd' einsehn lernen, daß sein Kind und Geld bey Ihnen in guten Händen waren, würde zufrieden mit seinen Kindern leben, und alles würde sich zu Eurem Vergnügen und Vortheil endigen.

Manske. Wenn's nemlich dahin erst wäre.

Billerbeck. 'S wird so lange nicht währen. Sind Sie nur glücklich mit dem Mädchen in Holland = =

Manske. In Holland? So weit?

Billerbeck. Ist's denn aus der Welt? Nur Herz angeschafft!

Manske. Gesetzt nun, ich wär entschlossen, wird's drum das liebe Mädchen auch seyn?

Billerbeck. Hm! Sagen Sie ihr nur, ich hätt's gesagt = = ich ließ ihr's anrathen.

Manske. Das soll ich ihr von Ihnen sagen?

Billerbeck. Von mir! Wissen Sie was, junger Herr? die Zeit ist kostbar; der Alte möcht' uns ein Que dazwischen machen. Eben ist sie bey ihrer Tante, bey der Madam Hildebrand, gerade meiner Schwester gegen über. Sehn Sie spornstreichs hin, und reden ihr zu. Können Sie sie breit schlagen, so haben wir so gut als Abschied genommen, so müßt ihr auf der Stelle reisefertig seyn. Adieu Partie! und über Stock und Stein nach Holland.

Manske. Mit leeren Händen?

Biller=

Billerbeck. Ja = = das geht nicht; wie wickeln wir uns daraus? Geld muß dabey vollauf seyn. Je nu = = das soll uns doch nicht den Kram verderben. Warten Sie! (Er geht und schließt sein Pult auf)

Manske. (während das vorgeht) Was will der Mann? Liebster Himmel, was will er? Sein Geld wider sich selbst anlegen?

Billerbeck. (kömmt und reicht ihm einen ledernen Beutel) Da Herr! In diesem Beutel werden praeter propter an fünf hundert Dukaten seyn. Ich hatte das Geld zu meinem Vergnügen destinirt = = so soll's denn auch zu dem grossen menschlichen Vergnügen angewandt seyn, einem rechtschaffenen Manne damit in der Welt fortgeholfen zu haben! = = Nehmen Sie!

Manske. Nehmen? Von Ihnen? Eben von Ihnen? dazu? Sie sehn meine Bestürzung = =

Billerbeck. Jetzo wär's auch Zeit zur Bestürzung! Genommen! (drückt ihm den Beutel in die Hand) So! = = Und nun klug und beherzt zu Werke gegangen! Keinen Augenblick verlohren! Glück, tummle dich! muß ihre Losung seyn. Machen Sie, machen Sie, Freund, und gehn Sie mit frohem Herzen dran!

Manske. (faßt ihn bey der Hand) Auf Ihre Verantwortung.

Billerbeck. (drückt ihm die Hand) Auf meine Verantwortung! Reisen Sie glücklich! Und schreiben Sie mir, sobald Sie in Sicherheit sind.

Manske. 'S wird unsre Pflicht seyn. — (geht ab)

Dreyzehnter Auftritt.

Billerbeck.

Fort wär' er, und Glück auf'n Weg! Die Zeit werden sie sich nicht lang werden lassen ⸗ ⸗ Fünfhundert Dukaten reisen zwar mit ⸗ ⸗ Pah! Vergnügungsgelder auf eines Menschen Bestes verwandt ⸗ ⸗ (indem er seine rechte Hand anredt) du hasts gegeben ⸗ ⸗ und du (indem er die linke anredt) mußt nichts davon wissen! ⸗ ⸗ (geht ein wenig auf und nieder) Gut genung, wenn's gut geräth ⸗ ⸗ nun er aber fort ist, fängt mirs doch an im Kopfe 'rumzugehen ⸗ ⸗ Könnt' er nicht das Geld genommen haben, und wer weiß wohin karossen? und den alten Pinsel auslachen, der's ihm ungefodert auf sein ehrlich Gesicht in die Hand drückte. (schlägt sich vor die Stirn) Hieronimus, das war dumm! ⸗ ⸗ Doch ⸗ ⸗ ich denk ihn als einen netten Mann erkannt zu haben, der bey mir nicht anfangen wird, schlecht zu werden ⸗ ⸗ dazu hat er mich und's Mädchen zu lieb, und hätt' auch nicht soviel Umstände gemacht. Sie reisen in bona pace mit einander, und trinken auf der ersten Station meine Gesundheit. Wohl bekomms, ihr Kinder! Nur der Alte! der Alte! Ha, ha, ha! der wirds hintern Ohren suchen, der wird die dicke Perücke

Perücke auf ein Ohr schieben! Ha, ha, ha! (sich besinnend) Darüber kann ich lachen? Hab' ich nicht auch eine Tochter? Und wie würde mirs gefallen? -- (schlägt sich vor die Stirn) Hieronimus, das war dumm! -- Wenn ich aber die armen Kinder bedenke -- Der Hägel! was gings mich denn an, daß ich ihnen aus freyen Stücken mit Rath und That so behülflich war? was hatt' ich mit Peter Gröbing und seiner Tochter zu schaffen? -- Ey! warum ließ sich der Mann auch nicht zureden! warum war er ein Grobian und reitzte mich dazu! -- Schon recht, daß ich Vaters stelle vertreten! Die Kinder verdienen es; und der Alte mag sich für seine Ungezogenheit ein paar Wochen im Kopfe kratzen! -- Sieh da! sieh da! Was ich in der Geschwindigkeit bey mir entdecke! -- Ich meynte aus lauter angeborner Gutherzigkeit und Menschenliebe zu handeln, und auf die letzt hatte doch die Rache den meisten Theil an meiner Willfährigkeit! Hieronimus, das war dumm! das könnte dir auf deinen Kopf kommen!

Vierzehnter Auftritt.

Philippine. Billerbeck.

Philippine. Da bin ich schon wieder, lieber Herr Billerbeck! Ich habe bey meiner Tante Entschuldigungen gemacht.

Billerbeck [unruhig]. Warum sind Sie nicht da geblieben, Kind? Was wollen Sie hier?

Philippine. Befohlen Sie mir nicht, bald wieder zu kommen?

Billerbeck. Ich meynte vorhin = = Haben Sie den Lieutenant nicht gesehn?

Philippine. Mit keinem Auge!

Billerbeck. So gehn Sie gleich wieder zu Ihrer Tante.

Philippine [traurig]. Warum wollen Sie mich denn aus dem Hause jagen? Ich dachte, ich sollte meinen lieben Lieutenant sprechen?

Billerbeck. Den sollen Sie sprechen! Gehn Sie nur, gehn Sie! Sie werden ihn dort finden.

Philippine. Wo denn?

Billerbeck (halb bey Seite). Potz dummes Gänschen! = = (zu ihr) Bey Ihrer Tante.

Philippine. Den Lieutenant?

Billerbeck. Der Sie dort aufsucht.

Philippine. Mich bey meiner Tante aufsucht?

Billerbeck [ungeduldig]. Ja doch, ja!

Philippine. Das wäre ja besonders.

Billerbeck. Recht sehr besonders.

Philippine. Haben Sie denn mit meinem Vater gesprochen?

Billerbeck. Lange schon.

Philippine. Und was sagt er denn?

Bil=

Billerbeck. Was Ihnen der Lieutenant wieder sagen wird.

Philippine. Der soll mirs wieder sagen?

Billerbeck. Bey Ihrer Tante! Verstehen Sie denn nicht? Wenn Sie nicht bald gehn, so sehn Sie ihn wohl im Leben nicht wieder.

Philippine. So muß ich laufen, was ich kann. [geht ab]

Billerbeck. Zwey Worte von ihm werden tiefer bringen, als tausend von mir.

Funfzehnter Auftritt.
Antonie. Billerbeck.

Antonie. Darf ichs glauben, lieber Papa?

Billerbeck (aufmerksam). Was glauben?

Antonie. Was mir der Herr von Manske vertraut hat.

Billerbeck. Was denn vertraut?

Antonie. Sie hätten ihm angerathen, mit der Tochter widers Vaters Wissen davonzureisen?

Billerbeck. Das hat er dir wieder vertraut?

Antonie. Eben da er von Ihnen kam.

Billerbeck [geht ärgerlich bey Seite]. Herr Lieutenant, das war dumm.

Antonie. Auch hätten Sie ihm zu Bestreitung der Reisekosten freywillig einen Beutel mit fünfhundert Dukaten aufgenöthigt.

Billerbeck. Auch das?

Antonie. Auch das!

Billerbeck [geht ärgerlich bey Seite]. Sehr dumm, Herr Lieutenant.

Antonie. Er wird mir doch die Wahrheit gesagt haben?

Billerbeck. Er hätt's können bleiben lassen.

Antonie. Warum denn, Papa? da ich so am besten um alles weiß, und selbst mit im Spiele bin, wie Sie.

Billerbeck. Nun, nun, Tonchen – – 's mag denn seyn, weils nicht anders seyn kann.

Antonie. 'S ist also anders?

Billerbeck. Alles! Aber warum fragst Du so genau?

Antonie. Weil ichs gern aus Ihrem Munde hören wollte, lieber Papa; nun hab ichs gehört, und will gleich gehen.

Billerbeck. Wohin?

Antonie. Mich ankleiden.

Billerbeck. Wozu ankleiden?

Antonie. Zur Tante zu gehn.

Billerbeck. Was da machen?

Antonie. Den Ausgang abwarten.

Billerbeck. Hm! Ja! Thu das, Tonchen! Du bist dort so zu sagen mit dabey.

Antonie. Das meyn' ich eben.

Bil-

Billerbeck. Nur sey gescheit, Mädchen, und laß mir die Weiberzunge nicht mit der Historie davonlaufen! Das bind' ich Dir auf die Seele! Keinem Menschen muß eine Silbe verrathen werden, wenns einen guten Ausgang nehmen soll.

Antonie. Sorgen Sie nicht, Papa! Wenns niemand verrathen soll, als ich, so bleibts ewig unter uns. Ich will selbst von Herzen froh seyn, wenns zu Stande ist, und 's Ihnen mit danken helfen, daß Sie's dahin gebracht, so aufrichtig, als der Lieutenant. Denn der Ehstand kann nicht anders als gerathen, wo solche Liebe, als wie diese, Hand in Hand legt; und wer ihn gestiftet, muß seine Freude daran haben.

Billerbeck. Hast Recht, Tonchen! Und darum hab ich mich auch der Sache unterzogen.

Antonie Und darum nehm auch ich grössern Antheil am guten Ausgange, als Sie nimmermehr glauben können, lieber Papa. (küßt ihm die Hand und geht ab)

Billerbeck. Ein recht gutherziges Mädchen = = Doch hätt's ihr der Lieutenant nicht ausplaudern sollen! Exempel! Exempel! die sind allzu verführerisch = = und wenn sie mir gar nach meiner eignen Methode denselben Streich spielen lernte = = Hieronimus, das wäre recht dumm! = = Sollts kaum denken! Der heutige Fall ist wohl der einzige in seiner Art, und kömmt sobald nicht wieder vor. Ueberdem

verdem bin ich der Vater darnach, daß ich weiß vor=
zukehren; und kann mirs aus dem Sinn schlagen = =
Begierig bin ich nur, wie sie mit einander fahren
werden! = = Je nun = = ich werds ja zeitig genung
von meiner Tochter erfahren, und hab jetzt vor al=
len Dingen meine holländische Post zu besorgen. (Er
setzt sich an sein Pult, und schreibt während der Zwi=
schenzeit Briefe).

Ende des zweyten Aufzugs.

Dritter Aufzug.
Erster Auftritt.
Billerbeck.

(sitzt noch und liest eben einen Brief)

Hm! hm! hm! (indem er den Brief weglegt) Wer sich nun klug genung wäre! Wenn sich alles so verhielte, so wärs Sünde, den Mann zu drücken - - Ich muß noch einmal lesen - - (liest abgebrochen vor sich) „selbst böse Schuldner" - - welcher Kaufmann hat die nicht? - - „eine mißlungene Speculation" - - ja, ja! da speculiren wir ins Gelag hinein, und hazardiren uns zu Grunde - - „überhaupt schlechte Zeiten" - - das war nichts gesagt; die Zeiten sind gut, wer sie nur zu brauchen weiß - - „beschwöre ich beym allmächtigen Gott" - - (wirft den Brief weg) und sollte der Mann auch umsonst bey dem Namen schwören können, so will ich nicht umsonst dabey beschworen seyn! (indem er sich zum Schreiben fertig macht) Er hat sonst immer richtig innegehalten - - er soll noch drey Monat Respit haben.

[schreibt]

Zweyter Auftritt.
Christinchen. Billerbeck.

Christinchen. Ists dem Herrn gefällig?

Billerbeck (unwillig). Was gefällig?

Christinchen. Daß angerichtet wird.

Billerbeck (sieht nach der Uhr). Wir wollen auf Tonchen warten.

Christinchen. Auf die Mamsell?

Billerbeck. Wer heißt Tonchen?

Christinchen [halb bey Seite]. Da müssen wir verhungern.

Billerbeck (schreibend). Die Fliege, die bey mir verhungert, ist selbst Schuld daran.

Christinchen. Ich sagte nur von wegen Mamsell Antonien = =

Billerbeck [schreibend]. Und ich sagte, bis sie wieder kömmt.

Christinchen. Wenn Sie nicht so nothwendig zu schreiben hätten, so wollt ich Sie wohl fragen = =

Billerbeck (schreibend). Wieder dummes Zeug?

Christinchen. Ich halts nicht davor = = vielleicht ist Ihnen selbst daran gelegen = =

Billerbeck [steckt die Feder hinters Ohr]. So frage!

Christinchen. Wie viel Tage braucht man wohl nach Holland und wieder zurück?

Billerbeck (steht auf, und geht hastig auf sie zu). Warum fragst du das?

Christinchen. Weil wir so lange nach Mamsell Antonien werden hungern müssen.

Billerbeck. Dummer Schnack! (setzt sich wieder und schreibt)

Christinchen (bey Seite). Wär mirs nur nicht drum, daß Rolf mitreisen müßte, er sollte gewiß der Bauer *) bleiben.

Billerbeck (schreibend). Was murmelst du?

Christinchen. Ich murmle, weil ich weiß, was ich weiß.

Billerbeck (schreibend). Was weißt du denn?

Christinchen. Daß ich vorhin in der Mamsell ihrem Zimmer eine Mannsstimme sprechen hörte ⁚ ⁚

Billerbeck (schreibend). Hm! Was sprach denn die?

Christinchen. Kuriose Sachen. 'S war der Herr Lieutenant ⁚ ⁚ ich hätt's nicht in ihm gesucht ⁚ ⁚ er redte von heimlichem Wegreisen mit der Mamsell nach Holland ⁚ ⁚

Billerbeck (schreibend). Mit der Mamsell nach Holland? ha, ha, ha! Gar recht! mit der Mamsell nach Holland, ha, ha, ha!

Christinchen. Lache der Herr nur nicht zu früh! Ich hab auch gesehn, daß er einen grossen Beutel voll Ducaten aufn Tisch schüttete, und dabey

---

*) So viel als: der Gefoppte.

bey sagte: das wollte er zum Anfang der Mitgabe angenommen haben.

Billerbeck (schreibend). Zum Anfang der Mitgabe, ha, ha, ha!

Christinchen. Wenn er Ihnen das Geld abgeborgt hat, so sehn Sie sich vor.

Billerbeck (schreibend). Abgeborgt ⸗ ⸗ ha, ha, ha!

Christinchen. Sie werden sich gar nicht lange mehr in der Stadt aufhalten, das weiß ich auch.

Billerbeck (schreibend). Was du nicht alles weißt! (das Gesicht nach ihr gekehrt) Ich wußte wohl noch mehr, eh du dich hinstelltest, und Leute behorchtest! (schreibt)

Christinchen. So auch, daß sie mit einander fortgehen würden, wußten Sie?

Billerbeck (aufstehend). Mit einander fortgehen?

Christinchen. Nicht gar lange, mit schnellen Schritten, immer zum Hause hinaus.

Billerbeck (vor sich). Er wird sie begleitet haben; sie giengen ja einen Weg. (schreibt)

Christinchen. Zur Tante, wie ich hörte ⸗ ⸗

Billerbeck (schreibend). Hast recht gehört, zur Tante ⸗ ⸗ ha, ha, ha!

Christinchen. Und von da gerade nach Holland ⸗ ⸗

Bil⸗

Billerbeck (schreibend). Gerade nach Holland! Wenn sie sich fördern, können sie eher da seyn, als mein Brief hier - - ha, ha, ha!

Christinchen. Mamsell Antonie sollte mir doch recht nahe gehn, wenn sie unterwegens zu Schaden käme.

Billerbeck. Da soll ich nun nicht sagen, dummer Schnack! bey solchem dummen, erzdummen Schnack! - - Geh! Es ist mir, als wäre Jemand an der Thüre. (schreibt)

Christinchen (indem sie geht vor sich). So wollt ich - -

Billerbeck (schreibend). Zwey dumme Streiche, die der Herr Lieutenant gemacht hat! Meiner Tochter ausgeplaudert, und sich noch dazu behorchen lassen! In so einer heimlichen Affaire! Die Jugend, die Jugend!

Christinchen (indem sie wieder zurückkommt). Rolf ist draussen.

Billerbeck (wirft die Feder hin und steht eilig auf). Laß ihn hereinkommen! Hurtig und geschwind!

Christinchen. Hurtig und geschwind! [läuft hinaus]

Billerbeck. Das soll mich wundern! Wundern soll michs, woran wir sind.

H

Drit-

Dritter Auftritt.
Rolf. Billerbeck.

Billerbeck. Guten Tag, lieber Rolf! Wie stehts? Was bringt Er? gute Botschaft?

Rolf. Ich denke ja ⸗ ⸗ einen Empfehl von meinem Herrn.

Billerbeck. Danke, danke! Was macht er? Wo sind sie? Wie weit ists?

Rolf. Alles das werden Sie am besten und deutlichsten aus diesem Briefe ersehn, den ich Ihnen eigenhändig überreichen soll.

Billerbeck [reißt ihm das Billet begierig aus der Hand] Nur her, nur her! ⸗ ⸗ Wart Er ein wenig, bis ich gelesen habe. [setzt sich ans Pult und erbricht]

Rolf. Ganz wohl.

Billerbeck [indem er erbrochen]. Sieh! noch ein Briefchen ⸗ ⸗ und meiner Tochter Hand? Was muß die mir zu schreiben haben? Es wird doch wohl alles seinen Gang gegangen seyn? ⸗ ⸗ Erst will ich sehen, was mein junger Herr schreibt.

(indem er liest, horcht Christinchen an der Thüre und spricht mit Rolf, der an die Thüre zurück- getreten ist, theils leise, theils durch Mienen)

Billerbeck. „Salvo Titulo, Hochgeehrtester Herr" ⸗ ⸗ Ihr Diener, Herr Lieutenant ⸗ ⸗ „Ihre Rathschläge sind auf das genaueste befolgt". ⸗ ⸗

Bra-

Bravo ∘ ∘ „Sie allein waren der Mann, der mich entschlossen machen konnte, etwas zu unternehmen, das ausserdem selbst meine brennende Leidenschaft nicht unternommen haben würde" ∘ ∘ Wohl wahr! wenn er vorm Feind nicht mehr Herz hat, als er heute spüren ließ ∘ ∘ ha, ha, ha! ∘ ∘ „Ich habe die Tochter aufs schleunigste zur Tante geführt" ∘ ∘ Geführt? Das trifft nicht zu ∘ ∘ oder sie müssen sie noch eingeholt haben ∘ ∘ so wirds auch seyn. Weiter ∘ ∘ „zur Tante geführt, und weil Sie ihr durch mich anrathen lassen, sich mir anzuvertrauen, ist sie im Vertrauen auf Ihr Wort mit mir gegangen". ∘ ∘ Sie soll mirs danken ∘ ∘ „Könnt ich Ihnen meine Unruhe schildern, Sie würden Mitleid mit mir haben" ∘ ∘ Freylich wird ihms Herz klopfen, bis er seinen Sprung voraus hat ∘ ∘ „So unentbehrlich mir auch die Fortdauer Ihrer Gewogenheit für die Zukunft ist, so hab ich doch jetzt die Dreistigkeit nicht, Sie darum zu ersuchen". ∘ ∘ Warum denn nicht? Weil er mein Schuldner zu seyn glaubt? Hat gute Weile! ∘ ∘ „Antonie hats über sich genommen, in beyliegenden wenigen Zeilen meine Fürsprecherinn zu seyn". ∘ ∘ Was der Hagel! wozu und warum denn? ∘ ∘ „Ich kann nichts weiter hinzusetzen, als daß ich jederzeit mit der vollkommensten Hochachtung seyn werde" ∘ ∘ et caetera ∘ ∘ „Ewald von Manche". ∘ ∘ (erbricht den andern Brief) Und was schreibt denn nun meine

Tochter? Er muß in der Angst zu ihr herübergesprungen seyn. ‒ ‒ „Bester, theuerster Vater!" ‒ ‒ Das Mädchen schreibt einen guten Styl, und eine recht feine leserliche Kaufmannshand. Ich habe mir meine Ehre und Freude an ihr erzogen. ‒ ‒ „Schriftlich werf ich mich Ihnen hiermit zu Füssen, Ihre Vergebung zu erhalten" ‒ ‒ (spricht ängstlich) Mir zu Füssen? meine Vergebung zu erhalten? Was hat sie verbrochen? womit hat sie mich hintergangen? O Mädchen, Mädchen! was wirst du mich lesen lassen? ‒ ‒ „Was ich gethan, haben Sie selbst durch Ihren Rath und Geldvorschuß veranstaltet" ‒ ‒ O weh! ‒ ‒ „Ob schon das Mißverständniß auf Ihrer Seite war, so werd ich mich doch meines Geliebten nicht zu schämen haben, da er sich Ihre vorzügliche Achtung, Freundschaft und Zuneigung zu erwerben gewußt". ‒ ‒ Der scheinheilige Betrüger! ‒ ‒ „Wir haben in Beyseyn meiner Tante Ringe gewechselt, und werden bey Lesung dieses vermuthlich schon unterwegens seyn" ‒ ‒ (läßt den Brief fallen und sinkt in den Stuhl zurück) Ich geschlagner Mann! ich unglücklicher Vater! Sie hat den Brief nicht einmal schliessen können, so eilig ists gegangen. (springt vom Stuhl auf) O die Ungerathenen! die Abscheulichen! die Landläufer! die Beutelschneider! ‒ ‒

Rolf. Soll ich das meinem Herrn zur Antwort wieder bringen?

Bil-

Billerbeck. Bring ihm zur Antwort = = ich will mein Kind wieder haben! ich muß mein Kind wieder haben! = = (die Hände ringend) Mein Kind, mein Kind, mein armes betrogenes Kind! —

Vierter Auftritt.
Christinchen. Die Vorigen.

Christinchen [die vollends hereintritt]. Was giebts denn? was ist dem Herrn zugestoßen?

Billerbeck. Elend über Elend! Meine Tochter, wie konnt'st Du mich so betrüben, Du liebes = = häßliches Mädchen!

Christinchen. Von der Mamsell sprechen Sie?

Billerbeck. Hattst in einer ganzen grossen Stadt voll blühender Jünglinge freye Wahl, und läufst einem Fremdling nach, einem nichtswürdigen Fremdling!

Rolf. Der soll mein Herr seyn?

Billerbeck. Hat er mir nicht mein Kind verführt? abspenstig gemacht? mit Lug und Trug angesteckt? mit Lug und Trug gegen ihren Vater! Nein! Sie war mein Kind nicht! Ein Bastard war sie! ein elender Bastard!

Christinchen. Das werden Sie doch Ihrer seligen Frau nicht in der Erde nachsagen?

Billerbeck. Schweig, oder gieb Rath!

Christinchen. Mit meinem dummen Schnack?

Billerbeck. Schon recht! Lache! spotte! wirf mir vor! Ich bins werth! ich bin in die Grube gefallen, die ich andern graben wollte!

Christinchen. Der Herr ist zu bedauren . .

Billerbeck Ich will nicht bedauert seyn! Ich darf nicht bedauert seyn! Ich bin mein eigner Widersacher! Ich habe mich selbst um alle meine Hoffnungen gebracht!

Rolf. Das denk ich nun nicht, mein werther Herr. Sie haben noch die besten Hoffnungen vor sich, wenn Sie sich nur nicht drum bringen. Mein Herr wird Ihr guter Schwiegersohn seyn, und Ihnen weder Kummer noch Schande machen.

Billerbeck Nicht Kummer und Schande? Was erleb ich denn von ihm, dem Undankbaren?

Rolf. Lauter Gehorsam! Hat er nicht alles gethan, was Ihnen gut dünkte?

Billerbeck Hat mich betrogen, schändlich betrogen, der Verräther!

Rolf. Das hat er nicht, mein werther Herr! Sie haben ihn nur nicht verstanden.

Billerbeck Weil er seine Worte auf Schrauben stellte, der glattzüngigte Laurer!

Rolf. Sie beleidigen ihn, den rechtschaffnen Herrn. Wollt er nicht diesen Morgen plötzlich Ihr Haus verlassen, eh ihn seine Liebe etwa einen Pudel schiessen liesse? Und wer hielt ihn zurück? Wer redte ihm zu, daß er blieb?

Bil

Billerbeck. Ich, Kerl! ich! Mache mich nur vollends rasend! Sagt mirs nur ins Gesicht, daß ich mein Kind hab unglücklich machen helfen!

Rolf. Warum denn unglücklich?

Billerbeck. Meine liebe, wohlgezogene Antonie! Sie sollte die Freude meines Lebens, der Trost meines Alters seyn. Sie sollte mich in Enkeln fortleben lassen ‒ ‒

Rolf. Das wird noch immer geschehen können.

Christinchen. Wenn das des Herrn größter Kummer ist ‒ ‒

Billerbeck. Schweigt, ihr Satans! Ich wollte die Brut nicht an meine Knie lassen ‒ ‒ und wären sie wie Engel gestaltet! Der Vater würd' auf jeder Stirne sitzen, und meiner Einfalt spotten, der Verwegene! Wo ist er? Wo hat er sich verborgen? Wo soll ich ihn aufsuchen? Welchen Weg hat er genommen? Ich muß ihm nach! Zur Obrigkeit will ich eilen, und mich mit ihrer Hülfe verstärken! Wir wollen uns theilen, hierhin, dahin, dorthin! Ich will ihn ertappen, will ihm mein geraubtes Schaaf von der Seite reißen, und ‒ ‒ [verächtlich] den hämischen Wolf zum Teufel schicken! ‒ ‒ [packt Rolf auf einmal bey der Brust] Kerl! wo ist der Entführer? Du bist sein Mitgehülfe!

Rolf. Ich nicht; aber Sie, mein werther Herr! Sie werden am besten wissen, welchen Weg Sie ihm vorgeschlagen haben.

Billerbeck (schlägt in die Hände). O Jammer! Jammer!

Rolf. Geschehene Dinge sind einmal nicht zu ändern = =

Billerbeck. Ich will sie doch ändern, die geschehenen Dinge! Er soll mich doch nicht belistet haben! Er soll mir doch nicht entrinnen! Ich will ihm auf den Fersen seyn, und ihm seinen Raub abjagen!

Rolf Nur möcht er den Ring, da er einmal gewechselt ist, nicht so gutwillig herausgeben wollen.

Billerbeck. Der wird mit Gelde abzukaufen seyn; denn darauf wars doch hauptsächlich abgesehn.

Rolf. Das glaub ich nicht.

Billerbeck. So werd ich ihn vor Gericht fordern!

Rolf Und da würd er vorschützen, Sie hätten ihm selbst Anlaß und Vorschub gegeben, einem gewissen Herrn Gröbing denselben Streich zu spielen, der Ihnen mißverstandener Weise durch Sie selbst wiederfahren ist, und das Gericht würde dem Dinge nachdenken, und finden, es sähe einer kleinen Seelenverkäuferey nicht unähnlich, und da weiß ich denn nicht, wie der Ausspruch lauten möchte.

Billerbeck (stampft mit den Füßen). Und das muß ich mir von dir sagen lassen, Mensch!

Christinchen. Aha! So wars gekartet? Ey, ey! Darum war der Herr auch so sicher, und seiner Sache gewiß.

Bil-

Billerbeck. Halts Maul! oder ich werf dich zum Hause hinaus!

Christinchen (sieht Rolf an). So kenn ich Jemanden, der mich schon auffangen wird.

Rolf. Auffangen, und mit Ihr unsre neue Herrschaft aufsuchen, Stinchen.

Billerbeck. Daß ihr alle zusammen darben müßtet!

Rolf. Das wollt uns ein so guter Herr wünschen, wovon Sie bekannt sind?

Billerbeck. Ich will nicht mehr gut seyn! Ich will mich nicht mehr mit meiner Gutheit anführen lassen.

Rolf. Sie wissen ja noch nicht, ob Sie angeführt sind? Ich, nach meinem gemeinen Menschenverstande, dächte nun = = Vaterland und Vermögen können nicht alle Menschen überein haben, aber den Namen Menschen haben wir, einer wie der andre; und was den einzigen Unterschied unter uns macht, ist nichts, als das gute Herz. Den Rang hat mein Herr, darauf renn ich für ihn durch Feuer und Wasser; und er wird ihn behaupten, so wahr der Himmel über mir ist! Wie wollten denn Sie mit ihm angeführt seyn, werther Herr? mit einem Manne, der Ihre Tochter auf den Händen tragen wird? mit einem Sohne, der Sie wie seinen Vater ehren und lieben wird! Sie werden das alles besser für sich überlegen, als ichs Ihnen sagen und vorstellen kann,

kann, sobald sich Ihre erste Hitze nur verraucht hat, und das Nachdenken wieder kömmt. Da werden Sie eine Verleitung gegen die andre abrechnen, und Null vor Null aufgehen lassen. Hast ja keinen Sohn, werden Sie denken, willst den dafür annehmen ⸗ ⸗ willst ihn vor dich kommen lassen ⸗ ⸗

Billerbeck (der unterdeß ungeduldig auf⸗ und abgegangen). Nicht vor meine Augen, den Schalks⸗knecht!

Rolf. So würde doch Ihre Tochter, Ihre liebe Antonie kommen dürfen?

Billerbeck. Nicht vor mein Angesicht, das ausgelassene, abtrünnige, ungehorsame, unsinnige, gottlose ⸗ ⸗ (weichherzig) unglückliche Mädchen!

Rolf. Das unglückliche Mädchen wird immer die Oberhand übers Vaterherz behalten.

Billerbeck. Enterben will ich sie, die Vater⸗vergessene!

Rolf. Und sie im Mangel schmachten lassen? und das, was ihr von Gott und Rechtswegen zuge⸗hörte, in fremde Hände vermachen? (heimlich zu Christinchen) Helf Sie mir doch!

Christinchen. Laß Er dem Herrn nur Zeit, lieber Rolf! Er wird sich bald besinnen, daß er nur die einzige Tochter hat.

Billerbeck (vor sich im Auf⸗ und Abgehen) Die Einzige, und die Ungerathene! ⸗ ⸗ O mein Herz, mein Herz! Laß ab von ihr! Sie hat sich selbst von

dir

dir losgerissen! Schlag nicht mehr für sie! (eine kleine Pause) Was hätt' ich nicht für sie gethan, für mein Tonchen! Alles – – alles – – nur das nicht? und soll sie missen, und werde sie missen!

Christinchen. (giebt Rolf einen Wink) Rolf!

Rolf. (tritt näher zu ihr) Was will Sie?

Christinchen. (halb laut) Ich däcbt', Er thät, als wenn Er – – (zeigt nach der Thüre)

Rolf. Das will ich thun.

Billerbeck. [hastig] Was will Er thun?

Rolf. Ihnen für alles erzeigte Gute gehorsamst danken, und mich Ihnen bestens empfehlen; da ich doch hier für meine liebe Herrschaft keine erwünschte Antwort erwarten werde. Ihr will ich schon schreiben lassen, Stinchen, wenn Ihre Zeit um ist, wo Sie uns antreffen kann. – – Sonst werd ich wohl nichts zu bestellen haben, werther Herr? an meinen Herrn, meyn ich, der Sie zeitlebens lieben wird?

Billerbeck. Lieben? [wehmüthig] Und konnte mir mein einziges Kleinod, meine Tochter, rauben? und entweicht mir nun mit ihr? eignet sich mein Eigenthum zu? wills mir nicht wieder vor Augen kommen lassen? weil er sich vor meinem Anschauen, vor meinen Vorwürfen fürchtet. Er scheute sich nicht zu rauben, und scheut sich zu bitten, der Gefühllose – –

Rolf. Nichts weniger, werther Herr! Er wird freudig kommen, sobald ichs ihm melden werde. (geht)

Bil=

Billerbeck. Was ihm melden?

Rolf. Daß alles gut ist.

Billerbeck Nichts ist gut! Ich verlang' ihn nicht! Er kann bleiben, wo er ist! hingehen, wohin er will!

Rolf. Mit Ihrer einzigen Tochter?

Billerbeck. Mit wem er will. (geht wieder vor sich auf und ab)

Christinchen. [heimlich zu Rolf] Er versteht wohl, lieber Rolf - [deutet auf Billerbeck]

Rolf. Ich werde ja! [Geht mit einem Wink, daß er sie herführen will, ab]

Fünfter Auftritt.
Christinchen. Billerbeck.

Christinchen. Nun haben Sie ihn doch gehn lassen, den guten Rolf, und ihm nicht einmal einen Gruß an Ihre Kinder mitgegeben.

Billerbeck. Ich habe keine Kinder mehr; wer welche hat, hüte sie besser.

Christinchen. Wie sich die armen jungen Leute kränken werden?

Billerbeck. Sie sollen sich kränken, denn Sie haben mich gekränkt.

Christinchen. Und die liebe Mamsell wird nun Ihre Heyrath ohne Ihren Vater vollziehen müssen!

Bil-

Billerbeck. Heyrath! Sprich das verdammte Wort nicht mehr aus. Hätt ich nicht geheyrathet, so hätt' ich keine ungerathene Tochter: Wem zu wohl ist, der heyrathe nur!

Christinchen. So wollte der Herr lieber die Welt aussterben lassen?

Billerbeck. Für mich ist sie schon ausgestorben! mit meiner Tochter ausgestorben!

Christinchen. Nur Schade um Ihr schönes Vermögen!

Billerbeck. Legate will ich davon machen, zur Ausstattung für arme wohlgezogne Mädchen– und mich hinlegen und sterben.

Christinchen. Mit dem Gedanken, daß Sie aus Haß Ihre einzige rechtmäßige Erbinn in der Dürftigkeit zurückließen, die Sie hätten glücklich machen können! Der sollte Ihnen Ihr letztes Lager hart genug machen.

Billerbeck. Du Teufel mit Deinen Vorstellungen.

Sechster Auftritt.

Philippine. Vorige.

Philippine. Warum haben Sie mich denn zum April geschickt, Herr Billerbeck?

Billerbeck. (voll Ungeduld bey Seite) Die fehlte noch!

Phi=

Philippine. Mich eine Viertelstunde über die andre bey der Tante wie auf Kohlen sitzen zu lassen, und keine Katze von Lieutenant kömmt.

Billerbeck. (wie vorher) Hätt' ich sie nur erst abgefertigt.

Philippine. Wo ist denn der Lieutenant geblieben? Warum ist er nicht zur Tante gekommen?

Christinchen. Das will ich Ihnen sagen, Mamsell. Der Herr Lieutenant sollte zur Tante gehn, und ist zur Tante gegangen; er sollte mit der Mamsell Ringe wechseln, und hat mit der Mamsell Ringe gewechselt. Weil er aber hier in der Stadt fremd ist, so verfehlt er's Haus; und anstatt zur Tante Hildebrand zu kommen, verirrt' er sich zur Tante Dahlenberg, wo er anstatt Mamsell Philippinens mit Mamsell Antonien eins wurde. Verstehn Sie's nun?

Philippine. O ja, das hab' ich mir wohl eingebildet, daß sie mir den Lieutenant nicht gönnte.

Billerbeck. Und warum sagten Sie's nicht zu rechter Zeit?

Philippine. Weil Sie mich für'n Narren hatten.

Billerbeck. Der Hagel! mich hat die ganze Welt für'n Narren gehabt.

Philippine. Das leid' ich nicht.

Billerbeck. Muß ich's leiden, können Sie's auch leiden.

Ph

Philippine. Sie mögen viel leiden, Sie! Sie behalten den artigen Lieutenant im Hause.

Billerbeck. Ich wollt' er fäß' auf der Vestung!/. (schlägt sich vor die Stirn) Daß ich doch so dienstfertig war, und Ihnen zu gefallen ein Schloß in die Luft baute, das nun über meinen eignen Kopf zusammengefallen ist!

Philippine. Was ist Ihnen auf den Kopf gefallen?

Christinchen. Hören Sies nicht? Die Vestung, wo der Herr Lieutenant hin sollte. Hätte der Herr nicht zum Glück so breite Schultern, er hätte drunter erliegen müssen.

Billerbeck. (Geht drohend mit aufgehobener Hand auf sie zu) Untersteh dich und muckse mir noch, Weibsbild!

Siebenter Auftritt.

Gröbing. Vorige.

Gröbing. Um Vergebung, daß man so geradezu hereintritt ₌ ₌

Billerbeck. (bey Seite) Immer ärger!

Philippine. (bey Seite) Nun kann ich noch Schläge dazu kriegen.

Gröbing. (zu Philippinen) So, Töchterchen? (dreht sie zu sich herum) Bey der Tante bist Du zu suchen, und hier zu finden? Ich will Dich hinter die Schule gehn lernen! Was machst Du hier? Was hast Du hier zu vermackeln? Deine Ehre und mein Geld? Wer heist Dich hieher gehn?

Philippine. Sie haben mirs doch niemals verboten, Papa.

Gröbing. Aber von nun an verbiet ichs aufs schärfste. 'S ist ein gefährliches Haus für Dich.

Billerbeck. Der Herr kann sie von nun an sicher hier ein und ausgehen lassen.

Gröbing. Die Sicherheit wird nicht weit her seyn. [zu Philippinen] Wo ich Dich nur in der Gegend hier attrapire, auf öffentlicher Straße schlag ich Dich an die Ohren. Denkst Du, daß ich Deine Schliche nicht weiß?

Billerbeck. Sie wissen nichts.

Gröbing. Als was mir der Herr selbst gesagt hat. Mehr brauch ich nicht zu wissen. Ich kann mein Mädchen selbst verheyrathen, und darf mirs nicht verkuppeln lassen.

Billerbeck. Vor solchen Redensarten will ich den Herrn gewarnt haben!

Gröbing. Und ich will meine Tochter vor solchen Häusern gewarnt haben!

Billerbeck. Was hat der Herr auf mein Haus zu sagen? He?

Gröbing. Daß mein Mädchen drinn soll ver= verheyrathet werden! Ist das ehrbar? He?

Ch=

Christinchen. An wen denn verheyrathet? An unsern Herrn hier? Sonst wüßt' ich keinen.

Gröbing. (nachspottend) Sonst wüßt ich keinen! = = Müssen die Dienstboten auch schnattern, wo die Herrschaften sprechen? = = Bist auch wohl des jungen Soldaten seine Dienstwillige, den man mir anflecken wollte? He?

Christinchen. O wenn der Herr auf den zielt, so schießt der Herr daneben. Der junge Officier hat unsre Mamsell schon zur Kriegsgefangenen gemacht, und in andre Quartiere verlegt.

Gröbing. (voll Verwunderung) Ja?

Billerbeck. (Stampft mit dem Fusse und geht bey Seite) Schimpf und Aerger!

Gröbing. Warum bewarb man sich denn bey mir für ihn?

Philippine. (traurig) Ach Papa, uns haben sie nur zum Deckmantel gebraucht.

Gröbing. So? Du Früchtchen hast also doch schon Dein Liebeshistörchen hier angezettelt! Wart! ich will Dir's Anzetteln einstreichen! Zwischen vier Wände will ich Dich sperren! da sollst Du mir sitzen, und Dein Naelkessen karessiren! = = (zu Billerbeck) Und bey dem Herrn da werd' ich mich auch zu revangiren wissen.

Billerbeck. (äusserst ungeduldig) Mach mir der Herr den Kopf nicht noch wärmer! Hab' ich nicht so des Leides genung?

Gröbing. Wie mir's der Herr zugedacht hatte. Das nehm' der Herr ad notam, mit andrer Leute Töchtern inskünftige nicht mehr so sub rosa zu procediren!

J Bil-

Billerbeck. (faßt sich und tritt näher zu ihm) Herr Gröbing, meine ersten Absichten mit Ihnen waren lauter und redlich. Hat ein Wort das andre gegeben, und haben wir uns in der Hitze überworfen, so lassen Sie die Sonne nicht über unserm Zorne untergehen. Ich halte gern mit der ganzen Welt Fried' und Freundschaft, und biete dem Herrn hiemit die erste Hand = = (reicht ihm die Hand).

Gröbing. Je nun = = (giebt ihm die Hand) da ist die zweyte!

Billerbeck (drückt ihm wehmüthig die Hand). Könnt ich meiner Tochter auch so die Hand drücken, Herr = = mein halbes Vermögen gäb ich drum!

Gröbing. Dazu ist bald Rath. Geben Sie dem Officier Ihr halbes Vermögen, ich parire, er bringt sie Ihnen wieder ins Haus.

Billerbeck. Ich will sie an seiner Hand nicht sehn, und ausserdem ist sie für mich verlohren! auf immer verlohren.

Gröbing. Warum denn eben verlohren?

Billerbeck (geht ans Pult holt Antoniens Brief und zeigt ihm den). Sehen Sie? Ihre Hand = = ein Brief von ihr = = und nun lesen Sie den Schluß (liest) „Wir haben in Beysenn meiner Tante Ringe gewechselt, und werden bey Lesung dieses vermuthlich schon unterwegens seyn" = = .

Achter Auftritt.
Antonie. Vorige.

Antonie (die gegen Ende des vorigen Auftritts schon in der Thüre gestanden, tritt mit starken Schritten herein). Unterwegens, bester Vater = =

Bil=

Billerbeck (erschrocken, indem er sich von ihr wendet). Wen seh ich?

Antonie (indem sie seine Hand ergreift u. küßt). Unterwegens, zu Ihnen zu eilen, Ihre Vaterhand zu fassen, sie mit den wärmsten Küssen kindlicher Zärtlichkeit zu überhäufen, und fest zu halten, bis wir Ihrer Gewogenheit und erneuerten Liebe gewährt sind. (Er will ihr seine Hand entziehen, sie hält sie aber fest) Widerstreben Sie, wie Sie wollen, erzürnter Vater! Sie sollen mich doch nicht abschrecken, Ihren Zorn zu besänftigen! Sie sollen mich doch nicht müde machen, Verzeihung auszuwirken! Ich lasse sie nicht fahren, die väterliche Hand, bis ich den Sieg über Ihr Herz davon trage. (Sie bleibt mit ihrem Gesicht auf seiner Hand liegen)

Billerbeck (sieht sie halb herumgedreht ernsthaft an). Wer ist das verlaufene Mädchen?

Antonie. Ihre Antonie, Ihre einzige zärtliche Tochter!

Billerbeck (wendet sich wieder von ihr). Ich kenne sie nicht.

Antonie Nicht? ⸗ ⸗ nicht an ihrer Stimme? ⸗ ⸗ (küßt ihm die Hand) nicht an diesem Kusse?

Billerbeck (gerührt und halb gegen sich gewandt). Und die konnte mir solch Herzeleid anthun?

Antonie. Wenn Liebe eine unwillkührliche, unerforschliche, mächtige Sympathie der Seele ist, schnell entzündet wie der Blitz, und unauslöschlich wie die Strahlen der Sonne ⸗ ⸗ würden Sie mirs dann weniger zurechnen?

Billerbeck (wie vorher). Armes, theures ⸺ (reißt auf einmal unwillig seine Hand von ihr los und geht bey Seite) unbesonnenes Mädchen!

Antonie (eilt ihm nach und ergreift und küßt seine Hand von neuem) Ich lasse nicht ab, mein Vater! Ich bin hartnäckig auf Ihre Zärtlichkeit! Ich gebe mich alles schuldig; will nicht erwähnen, daß Sie selbst vielleicht unerwartete Gelegenheit zur Uebereilung gaben ⸺

Billerbeck (kehrt sich auf einmal zu ihr, drückt ihr die Hand und sagt eilig) Schweig davon! Eins mit dem andern vergessen. Du sollst meine Tochter seyn, wie zuvor.

Antonie (küßt seine Hand, hält sie aber noch immer fest) Ich nehm Ihre väterliche Liebe von Ihnen als das kostbarste Geschenk, aber ich bin eine ungestüme Bettlerin, lieber Papa ⸺ eine Bettlerin, die sich sobald nicht abspeisen läßt. Sie müssen mir Ihr Geschenk verdoppeln, eh ich Ihnen von ganzem Herzen dafür danken kann. Es muß Jemand an Ihrer väterlichen Liebe Theil haben ⸺

Billerbeck. Weg mit diesem Jemand! Ich könnt ihn hassen, wenn ich mir Menschenhaß nicht zur Sünde machte! Er führte mir meine Tochter auf Krummen; 's bleib ihm unvergolten! Sey er glücklich, wo ihm sein Glück beschert ist: meinen Kummer vergeb ich ihm! Nur beunruhige er mich nicht ferner mit seinem Anblick! Vor Mangel sichert ihn mein hingespendetes Geld. Ich verlange kein Stück davon wieder. Seh er zu, wie er seine Umstände damit ohne Gewissensverletzung verbessern kann,

kann, so wirds ihm wohl gehen! und das wünsch'
ich ihm ohne Groll und Feindschaft.

Antonie. Und soll ich wieder von vorne an=
fangen, so kann ich damit nicht zufrieden seyn, gü=
tiger Vater. Ihr Wunsch für sein Wohlergehn
muß sich = = er muß sich in väterliche Liebe gegen
ihn verwandeln.

Billerbeck. Gegen ihn, meinen meineidigen
Freund? = = Und ists wirklich meine Tochter, die
zu ihrem Vater für ihn sprechen kann?

Antonie. Wirklich = = weil sie in ihm den ein=
zigen Mann gefunden = =

Billerbeck (will ihr seine Hand entreissen). Aus=
geartetes Mädchen!

Antonie (seine Hand festhaltend). Sie sollen
mir nicht entrinnen! Ich will doch sehen, wie lange
sich ein so zärtlicher Vater gegen das Glück seiner
gehorsamen Tochter sträuben wird.

Billerbeck. Der gehorsamen? Die wärst Du?

Antonie. So gewiß, als nur er das Glück
meines Lebens machen kann.

Billerbeck. Er, das Glück Deines Lebens?

Antonie. Nur er! O lassen Sie ihn kommen = =

Billerbeck (auffahrend). Kommen? ihn kom=
men lassen?

Gröbing. Hören Sie, Herr Billerbeck! = =
es geht mich zwar nichts an = = aber Sie strichen
mir ja selbst diesen Morgen den jungen Herrn als ei=
nen artigen, braven, wackern Mann heraus = =

Billerbeck. Dafür hielt ich ihn.

Antonie. Und das ist er jetzt mehr als jemals
in seinen Gesinnungen gegen Sie.

J 3 Grö=

Gröbing. So taxirten Sie ihn für mich, warum sollt ers nicht für den Herrn auch seyn? Meiner Tochter war er zugedacht, und durch einen ganz besondern Zufall kam er an die Ihrige.

Billerbeck (mit halb verbissenen Unwillen). Durch einen ganz besondern Zufall!

Gröbing. 'S wäre für uns alle am zuträglichsten, wenn dieser besondre Zufall nicht stadtkündig würde. Ueberleg's der Herr nur – – wollt er wohl von sich auf allen Wein- und Kaffeehäusern erzählt wissen?

Billerbeck. Schweigen Sie, schweigen Sie! Ich mag nicht daran denken.

Gröbing. Und also! Einmal ist obendrein der Gottespfennig gegeben; und da die Sache mit Ehren unter uns beygelegt werden kann, wozu der weitern Exceptionen? Dem naseweisen, neugierigen Volke die Zunge zu laben? – Lieber in aller Stille Schicht gemacht, und das geschwind, eh's jemand erfährt!

Christinchen. Ja wohl! Geschwind, eh's jemand erfährt.

Antonie. Nun, mein Vater? (seine Hand fassend).

Billerbeck (nachdem er sie ein Weilchen bedeutend angesehen und ihr die Hand drückt) Antonie!

Antonie. Das war mir genung gesagt. – – (indem sie nach der Thüre geht) Kommen Sie, liebster Ewald! Er ist Vater! – –

Billerbeck (wendet sich unruhig auf die Seite). Werd ich ihn vor mit sehn können?

Neunter Auftritt.
Rolf. Ewald von Manske. Vorige.

Antonie [führt Mansken vor.] Vater für mich und Sie! Reden Sie ihn kühnlich an, er wird Ihnen selbst die Versicherung geben.

Manske [zu Billerbeck]. Mein Herr, was hab ich mir von dieser Stellung zu versprechen?

Billerbeck (dreht sich langsam gegen ihn herum). Junger Mann, Sie haben mich eine Begegnung erfahren lassen, die mir mit Ihnen ein Widerspruch ist, die ich an Ihnen nicht verdient hätte. Sie haben sich eines kühnen Streichs unterfangen.

Manske. Den ich doch auf Ehre niemals ohne Ihre eigentliche völlige Einwilligung würde genutzt haben.

Billerbeck. Was konnte Sie so weit von sich selbst entfernen, und dahin verleiten?

Manske. Meine Leidenschaft, die zu lieblich gelockt, zu verführerisch gekirrt ward - - Ich will mir gegen Sie meinen heutigen wohl überdachten Entschluß abzureisen zu nichts anrechnen; aber mein einziger bester Zeuge sind Sie, wie ich gegen Sie mit meiner Leidenschaft gekämpft, wie ich mit meiner Pflicht gerungen, wie ich gleichsam über mein Aug' und Ohr geboten, und wie eifrig Sie in mich drangen, wie Sie alles hervorsuchten, mich zu überwältigen, wie angelegen Sie sich seyn ließen - -

Billerbeck [geht eiligst auf ihn zu und drückt ihm die Hand] Nur stille davon! stille! - - Sie sind mein Sohn, wenn Sie's seyn wollen, und bleiben in meinem Hause ‒ ‒ wenn Sie mich den besondern Zufall wollen vergessen lernen lassen, wodurch Sie drinn bleiben.

Manske (küßt ihm die Hand). Beydes, bester Mann! beydes! ‒ ‒ Alle kindliche Ergebenheit, alle kindliche Sorgfalt ‒ ‒

Antonie [laßt die andre Hand und küßt sie). Alle kindliche Liebe, alle kindliche Zärtlichkeit ‒ ‒

Billerbeck (hält gerührt ihrer beyden Hände). Schon gut, ihr Kinder! Bleibt bey dem Sinne! Und hier denn ‒ ‒ [giebt Mansken Antoniens Hand] geschwind, eh's jemand erfährt! ‒ ‒ Oder sollt's herauskommen, so nehme sich Vater und Kind nicht sein Exempel, sondern seine Lehre draus! ‒ ‒ [sieht zu Philippinen] Sie werden sich drein finden, liebes Kind! Wer kann für besondre Zufälle?

Philippine [die bisher ihre eigne Pantomime, besonders gegen Mansken und Antonien gespielt, recht treuherzig und einfältig]. Kein Mensch.

Christinchen (halb laut). Rolf!

Rolf. Was will Sie?

Christinchen (indem sie die Hand hinreicht). Ich dächte ‒ ‒ geschwind, eh's jemand erfährt.

Rolf. Herr Lieutenant, darf ich?

Manske. Auch ein besondrer Zufall? (lachend)

Rolf (schlägt in Christinchens Hand ein). Geschwind, Dirnchen, eh's jemand erfährt.

Philippine (zupft ihren Vater beym Aermel). Papa!

Gröbing. Was willst Du?

Philippine. Wenn soll denn ich sagen: Geschwind, eh's jemand erfährt? ‒ ‒

Gröbing (giebt ihr einen unwilligen verweisenden Blick).

Ende des dritten und letzten Aufzugs.